CB072073

CONFISSÕES
DE UM
ANJO DA GUARDA

Do Autor:

O Livro dos Desmandamentos

Carlos Trigueiro

CONFISSÕES DE UM ANJO DA GUARDA

Contos

BERTRAND BRASIL

Copyright © 2005, Carlos Trigueiro

Capa: Raul Fernandes

Editoração: DFL

2008
Impresso no Brasil
Printed in Brazil

CIP-Brasil. Catalogação na fonte
Sindicato Nacional dos Editores de Livros, RJ

T748c	Trigueiro, Carlos, 1943-
	Confissões de um anjo da guarda: contos/Carlos Trigueiro. – Rio de Janeiro: Bertrand Brasil, 2008.
	120p.
	ISBN 978-85-286-1317-9
	1. Conto brasileiro. I. Título
08-0787	CDD – 869.93
	CDU – 821.134.3 (81)-3

Todos os direitos reservados pela:
EDITORA BERTRAND BRASIL LTDA.
Rua Argentina, 171 – 1º andar – São Cristóvão
20921-380 – Rio de Janeiro – RJ
Tel.: (0xx21) 2585-2070 – Fax: (0xx21) 2585-2087

Não é permitida a reprodução total ou parcial desta obra, por quaisquer meios, sem a prévia autorização por escrito da Editora.

Atendemos pelo Reembolso Postal.

para Maria Julia,
e quando o tempo chegar,
para
Luis Eduardo, Juliana,
Ana Luisa, Daniel e Isabela.

In memoriam
Francisco Pedro Araújo Netto
José Carlos Lebeis Soares

"Dieu me pardonnera. C'est son métier."
                                    Heinrich Heine

SUMÁRIO

Confissões de um anjo da guarda	11
Sexo dos anjos	27
A passageira	37
Uma questão de cor	45
Estação Silêncio	55
Obsessão	65
O jornalista	73
Clínica para normais	83
Anjos exterminadores	93
Talhas e raízes	103
O anjo informante	109

CONFISSÕES DE UM ANJO DA GUARDA

I

Tudo começou porque pensei além do permitido nas cortes celestes. Aliás, porque solicitei ao arcanjo de plantão, dezenas, centenas de vezes, um encontro com Ele – o Onisciente, ou Architecto, como alguns preferem. Só queria saber por que Ele permite tanta desigualdade entre os homens, enquanto as demais espécies nascem, vivem e morrem sem oscilações de eqüidade, numa existência digna, do início ao fim. Também queria perguntar-Lhe olho no olho: por que entre os homens não existe nada mais distante que o próximo?

Mas o encontro me foi negado durante séculos. "Quem duvida dos Seus desígnios não merece ir à Sua presença" era a desculpa que sempre me davam. "Mandou-O para aquele lugar", pensará o leitor impaciente, sequioso por dissensões, rompimentos, querelas. Mas não o fiz. Não teria sentido contrariar voz uníssona: "Ele está em toda parte." Continuei aguardando um encontro, mas séculos se esfumaram. Resultou que nunca O vi.

Então, decidi raciocinar, em vez de acreditar cegamente em tudo o que me haviam ensinado que existe. Ou no que sempre existiu. Concluí: impingiram-me crer não só que Ele existe, mas também na necessidade de que Ele exista. E se perpetue. Ora, acreditar na idéia de que alguém, há bilhões de anos, tenha bancado, incógnito, sozinho, a construção do

Universo sem levar nenhuma vantagem, já é suficiente para desconfiar do que estamos fazendo aqui. E aparentemente de modo gratuito.

Por isso questionei não só a Sua existência, mas também tudo em volta. Constatei que a versão dada à origem do Universo e a sua parafernália infinita era maior que a verdade. Não cheguei a me decepcionar. Já desconfiava que as obras da Criação sempre estiveram a meio caminho entre a verdade e a versão. Ou, no mote cibernético, entre o real e o virtual.

II

Tornei-me um anjo da guarda dissidente. Meus pares foram menos sutis, tacharam-me de rebelde, devasso e inconfidente. Os conservadores acusaram-me de traição e hediondez. Os liberais crêem que ensandeci. Em verdade, minha loucura reside no fato de que constituo ameaça aos dogmas e oligarquias celestes.

Decerto ninguém avalia quanto foi doloroso fazer estas confissões, violar tradições milenares, renegar códigos e doutrinas, transgredir costumes, imbuir-me de nova ordem interior. E não menos conflitante, apesar de aparente cinismo: abrir mão de trajes, acessórios, espaços, regalias, imagem, invisibilidade, segredos, reputação, poderes, armas e artimanhas de anjo da guarda.

Minha mudança de comportamento gerou polêmica e dissabores nas paragens etéreas. Houve conseqüências. Baniram-me do convívio com a parentalha de arcanjos, serafins, querubins e assemelhados. Com muita força de vontade – e algum apadrinhamento, porque nenhum anjo é de ferro – consegui manter meu estado de imponderável, embora minha indignação seja cada vez mais visível, principalmente no papel.

Anteriormente, meus escritos eram apenas registros mais ou menos desordenados de experiências vividas. Não muito longe de um fabulário. No escoar do tempo e amontoar das dúvidas, os relatos foram se transformando e assumiram a forma de livro – ocorrência já no mundo terreno. Daí tive de me submeter aos regimentos dos direitos autorais que, segundo me explicaram, servem para proteger a obra de alguém contra obras de outrem.

Não sei como desconfiaram que permeei este livro com escritos de vários autores. Claro que mexi nos textos agregados. Não em todos. Alguns parecem levar a impressão digital do autor, sendo impossível tirar ou pôr uma vírgula porque o estilo reage. Assim, tentei adotar resultante de estilos literários do Céu e da Terra. Trabalho em vão. Os fantasmas de cada escritor interferem – escrever é um terço de confissão, outro de penitência, outro mais de resistência; o resto é indignação.

Nada de furto nos meus escritos, tampouco plágio. As histórias de que me vali (não digo aproveitei porque esse verbo dá idéia de cargo público) foram refugadas por seus autores. Confesso que extrapolei ao espionar escritores de primeira linha. Mas enriquecer minha escritura com idéias alheias passou de ambição a obsessão.

III

A fim de que o leitor não se apresse a julgar meu caráter, sugiro a leitura deste livro exclusivamente nos recantos nobres da casa. Do alto da experiência de anjo da guarda, conheço gente fina que só gosta de ler onde se faz outra coisa.

IV

Ressalvo que o ato de contar histórias é invenção do homem. Somente o gênero humano é capaz de falsear e subverter o uso da língua de tudo quanto é maneira, desde promessas de políticos em campanha, ao tropismo boca a boca nas imagens de telenovelas – delito que uma parcela das elites comete, outra propaga, outra custeia, outra acoberta. Delito em cadeia, como se vê. Mas é só trocadilho, ninguém vai preso.

Também resguardo minha semântica imprecisa sob a desculpa de que anjos são franco-atiradores em matéria literária. Admito excessos ao narrar episódios mundanos sob a elástica percepção dos anjos, pois muralhas culturais enclausuram a noção humana de perspectiva e simultaneidade dos fatos. Além disso, a condição humana é paradoxal: exprime regozijo e sofrimento simultâneos na ânsia de materializar o tempo, transformá-lo em produto de consumo e pegá-lo na prateleira da vez. Ora, o tempo é intrínseco a todas as coisas, mortais e imortais. É inútil a ansiedade do homem visando transpor as barbacãs do tempo, pois a vida humana ocorre exclusivamente numa penitenciária sensorial.

Para que estes relatos não criem expectativas de reavaliar dogmas como, por exemplo, a sexualidade dos anjos, afirmo que as linhagens angelicais são costuradas, rasgadas e cerzidas sob mistério. Antes que germinem hipóteses licenciosas a respeito, advirto: as Escrituras não deixam incertezas sobre o assunto. Basta interpretar os textos com uma dose de picardia canônica e sem as lentes *ray-ban* da hipocrisia eclesiástica.

Claro que o tema se modificou na sociedade industrial. Hoje tem anjo macho, anjo fêmeo, anjo impotente, anjo frígido, anjo esterilizado, anjo siliconado, anjo de programa e os que não estão nem aí para referências sexuais – nada a ver com preferências. Porém, modismos não me afetam. Jamais duvidei do significado de minhas ereções. O que não implica saia por aí alardeando fazer isso e aquilo com um falo virtual. Todos deviam saber que, sob circunstâncias apelativas, especialmente marketing de religiões fundamentalistas, falos virtuais podem adquirir excepcional rigidez, transformando-se em cajado, bordão, pau puro – gracioso eufemismo de pau duro.

Assumo que estendi raios de tolerância e permissividade em causa própria. Sem absurdos. Nada além de brinco descartável no lobo da orelha, de discreto *piercing* nasal e tatuagem geminada de raro lepidóptero nas partes globosas do dorso inferior. E, claro, de vez em quando, a travessura de fazer um fuminho em busca de outras névoas e esferas, procedimento mais supérfluo que escandaloso, pois anjos sendo ou não sendo nefelibatas já vivem nas alturas.

Minha voz é grave, trovejante, característica que me trouxe percalços. Sucedeu que os arcanjos, para atender à intensa programação dos eventos celestiais, cismaram de reeducar minha voz ora como barítono, ora como tenor. Visto que o Canto Orfeônico era matéria obrigatória na formação angelical, tive de violentar minha natureza inúmeras vezes. Mesmo no Céu, digo entre entes celestes, tudo tem limite! Certo dia, não só desafinei de propósito como também falseei quinze vezes um estribilho. Foi na coroação de Carlos Magno, rei dos francos, mas croata de nascimento, no Natal do ano 800. Conclusão: expulsaram-me do coral formado por anjos e serafins. Em vez de protestar, fiquei satisfeito. Nada me aborrecia tanto como hinos exaltando feitos de guerra.

De resto, cansei-me de trombetas, pífaros, flautas, harpas, sambucas e liras. Somente retornaria à música séculos depois. Obra do acaso. Traído e atraído pela melodia de guitarras elétricas. Lá: num *pub* londrino. Eis no que deu, substituir o anjo da guarda dos *Beatles* num fim de semana sem sol. Suspeito que, no juízo dos arcanjos provectos, foi essa extravagância musical que me legou o estigma de *enfant terrible,* e não uma ou outra prevaricação cometida, sem dó maior, ao me deixar seduzir por ninfas disfarçadas de querubins. Ah, disfarces! Todos têm seu preço.

V

Confesso a pretensão dos meus escritos. Quero, sem distinção de etnias, abalar crenças e descrenças. Só assim minha indignação reboará como artefato terrorista em ponto turístico, estação de metrô, ou prédio de embaixada. Não vou anunciar a antecipação do Apocalipse, evento já previsto por leitores terrenos de bom senso, imunes tanto ao febrão neoliberal, quanto ao socialismo de plantão – e aos misticismos industrializados –, e que perceberam a irreversível predação do entorno. Tudo claro. Ciência e Internet estão aí a provar com requintes tecnológicos e animação colorida: durante milhões de anos, a espécie humana não fez mínima falta. O processo de erosão da Terra era natural. Com o homem surgiu a erosão inteligente e lucrativa! Nada lhe escapa. Nem o vácuo. Nem o tempo. O homem conseguiu acelerar o futuro, mas sepultou a esperança de chegar lá.

A propósito, cansei-me de ouvir mentiras nos votos esperançosos de Ano-Novo. Não suporto a mensagem fraudulenta dos *réveillons*, ano após ano. Estando a hipocrisia das gentes em permanente reciprocidade, frustrei-me com a serventia de guardar aqueles que não têm salvação, aliás, a maioria.

Provavelmente vou contrariar freqüentadores de livros e catálogos, bem como internautas que investigam origens, tipos, legiões, falanges, auréolas, mesteres, plumas, asas e qualquer referência aos anjos. Garanto: será estorvo passageiro. Tardará o tempo que a curiosidade humana dedica às vitrinas de um *shopping* visitado pela trigésima nona vez. De fato, neste mundo de desencantos, até anjos persas e babilônicos estão sendo retirados de suas tumbas para servir de tábuas de salvação, pois a criatura à semelhança e imagem d'Ele, como rezam as Escrituras, está em extinção. Dentre mil e uma desgraças, sobressai o flagelo da TV que nulifica o indivíduo e aniquila a espécie — chucha os olhos do homem de suas órbitas, prostra-o com animação colorida, marketing premiado, ou com a enganosa interatividade dos *reality shows*. Decerto é compreensível o enorme interesse das pessoas por anjos, afins e assemelhados, visto a pedreira que é enfrentar o mundo sem proteção de asas plumosas, mãos invisíveis, auras de mansidão. De todo modo, será esforço inócuo — melhor abrir o jogo. No mundo terreno, fornicar o próximo é compulsão diuturna em todos os sentidos — mesmo virtualmente, com o *mouse*.

Quanto ao recurso literário (maneiro) para expor estas confissões, em vez de usar o cinema ou mesmo a Internet, a escolha não foi por romantismo. Na liturgia dos anjos, o livro permanece como o sacrário natural do conhecimento. O exemplo a seguir pode levantar suspeita, mas quando os Arcanjos me desornaram, recolhendo-me asas, vestes, halo, chancas, alabarda, sambuca e aquelas nuvenzinhas precursoras do *skate*, deixaram-me meus manuscritos e plumas. Tal generosidade (estudada) evitou conflitos que poderiam lhes atormentar a consciência de escribas celestes. Consciência que, logo se vê, eu viria perder devido às minhas relações promíscuas e inevitáveis com o gênero humano.

VI

Nos últimos dois mil e quinhentos anos, constatei que nenhum gozo é tão intenso no homem quanto embalar suas redes de neurônios sob as tendas do pensamento. Esse egotismo é a sublimação do prazer, deleite superior a qualquer manifestação visceral, erótica, ou sensorial, principalmente se ocorre no terreno das artes. Daí que ao leitor ansioso é imprescindível identificar o narrador de uma história, saber de onde ele vem, o que fez, não fez, desfez, antes, durante, depois, para ficar ruminando hipóteses sobre o íntimo de quem se lançou à escritura. Pois bem, se possível chamar de *curriculum vitae* a litania a seguir, e segundo o critério multidisciplinar dos Arcanjos, custodiei: profetas, bruxas, rainhas, centuriões, bárbaros, filósofos, diplomatas, reis, conquistadores... E plebeus, bandidos, políticos, jornalistas, desocupados, pintores, músicos, juristas, prostitutas, sacerdotes, espiões, médicos, poetas, coronéis, escritores, grafiteiros, funcionários públicos e os precursores dos blogueiros. Enfim, resumo que, conhecido e reconhecido por Mahlaliel, impingiram-me crer que fui criado por vontade d'Ele. Tenho dois mil quinhentos e setenta e oito anos, e como não dá para perceber assim de longe, afirmo que anjos não envelhecem. São como sempre foram, jovens ou anciãos, apesar de três a quatro dezenas de macróbios andarem visitando o urologista celeste ultimamente. Bem assim, notei que vem aumentando o número de anjos interessados em custodiar pesquisadores das indústrias de produtos farmacêuticos e de cosméticos.

Convém ainda revelar minhas origens. É importante para os humanos um pedaço de chão demarcado – mesmo ao custo (fajuto) de gritos tipo assim "Independência ou morte" – e chamá-lo de Pátria! Ora, minha pátria era o Éter. Sou (ou fui) legítimo cidadão do Cosmo. Como de resto também devem ser todos aqueles que ainda sabem o Latim e, ao menos uma vez por dia, meditam sobre as inscrições de boas-vindas nos portões dos cemitérios (*Stat sua cuique dies*), essas fronteiras tão antigas quanto malvistas e interpretadas.

Tudo bem, mas no mundo globalizado é difícil definir fronteira. Ou saber onde começam e terminam as fronteiras. Goethe dizia que as fronteiras do homem são as coisas. Acho que as fronteiras do homem são as coisas dos outros, digo as mulheres dos outros. Portanto, vou manter minha condição de imponderável enquanto puder.

Não à-toa tenho ouvido intensa voz interior: "Se cuida, Mahlaliel!" Ninguém pense que estou louco. Tanto não estou louco que obedeço à voz. E me cuido. Pedi permissão às associações protetoras de animais e aos grêmios defensores dos direitos humanos para me vacinar contra o mal da vaca louca, gripe do frango, febre amarela, a tal de dengue, e contra as doenças da vez, já que é meio antipático falar em doenças da moda. Periodicamente, também me vacino contra raiva, rancores, mágoas, inveja e ciúmes – males exclusivos das espécies superiores. E, por via das dúvidas, me previno ainda contra aquelas endemias étnicas que viram epidemias aéticas.

VII

Entro num assunto polêmico. Tendo em conta a hipocrisia dos parâmetros terrenos, parecer vale mais do que ser. Daí tanta decepção quando as pessoas se deixam envolver por aparências farfalhosas em detrimento de valores autênticos. Nada obstante me cuido, sem apelar para processos de lipoaspiração, *peeling* e artifícios do gênero. Minha aparência é das melhores. Tenho pele branca, músculos torneados e cabelos cacheados da cor do cobre. Tronco e membros rígidos. E era bem flexível o par de asas que sustentava nas costas, sem nenhuma alusão ao marketing de companhias aéreas. Meu rosto é sempre jovem, e nele se harmonizam o nariz helênico, pequenos olhos vivazes e lábios carnudos, mas sem voluptuosidade — característica incompatível com a boca de anjo da guarda. Minhas mãos são irrequietas, expressivas, sugestivas, e os dedos, bem intencionados, digo bem-proporcionados.

Afirmar que sou belo seria exagero; além disso, repudio qualquer tipo de narcisismo. Descrevo-me porque a condição humana não pode prescindir do senso estético, a rigor uma dissimulada manifestação da sensualidade. Meu aspecto tem a ver com o pincel de Caravaggio. Confesso que eu mesmo misturei alguns matizes na paleta do pintor. E influenciei-o nos traços da tela *São Mateus e o anjo*. Apareci-lhe em sonhos, a fim de que memorizasse minhas feições e aparente boa índole. Meus trajes: túnica acetinada de cor sépia, traspassada sobre o ombro direito, cobrindo do tronco aos joelhos. Calço chancas feitas com o couro de cordeiros sacrificados em Sua intenção.

No entanto, o rigor canônico obrigou Caravaggio a pintar uma segunda tela igualzinha à primeira, alterando apenas a expressão de São Mateus que, segundo os censores, parecia assustado com a presença do anjo. No juízo dos críticos de então – Ô raça! – semblante temeroso não condizia com a expressão de santo.

Mais tarde, graças ao vigor de minhas asas, num momento de distração do seu anjo da guarda, um censor apareceu boiando numa ribeira do Arno, em Florença. Ninguém ficou sabendo quem o empurrou do alto da *Ponte Vecchio*, pois confessar crimes aos superiores implicava rigorosa inspeção no passado, presente e futuro do confesso. Vali-me da experiência e fiquei na moita, pois sabia que o tempo celeste não era (e não é) subordinado a qualquer critério de controle ou medida, daí os arcanjos procrastinarem tomada de confissões, inspeção de feitos e punição de malfeitos.

Mas paragens celestes não estão livres de regras com essa e aquela exceção. Exemplo contundente era o arcanjo Zebaliel inspecionar suas legiões sempre que lhe dava na telha. Óbvio que nos bastidores nublosos havia burburinho sobre maus humores e caduquices do arcanjo macróbio. Em verdade, Zebaliel fora anjo da guarda de Matusalém. Especulavam que o patriarca bíblico vivera novecentos e sessenta e nove anos, só de pirraça, para manter o arcanjo alerta e dar-lhe alguma ocupação digna.

Noutros tempos, os humanos encontravam os seus anjos da guarda com maior freqüência. E vice-versa. A Bíblia menciona que alguns anjos foram punidos porque se deitavam com mulheres de patriarcas ou de seus descendentes. E também não esconde que, no começo de tudo, havia incestos.

VIII

Confesso que pratiquei atos censuráveis – um pouco de tudo – virtual ou fisicamente, segundo exigências do momento. Embora o nepotismo fosse proibido, salvei-me de castigos graças a meus supostos laços familiares com um dos Sete Arcanjos. Não pesquisei linhagens ou parentescos; todavia, o arcanjo Zebaliel me parecia familiar. O que não me excluía de enfrentar suas rabugices.

Movimentando-se sobre tufos de nuvens prateadas, o arcanjo costumava agitar, nas mãos, o arco de um ancestral do violino. Não tinha bom ouvido – coitado, limitação que o constrangera a abandonar a orquestra de câmara celeste. Zebaliel jamais se livraria dessa frustração. Para piorar, a natureza dogmática da vida dos anjos não permitia sessões de apoio psicológico. Assim, os Céus não aventaram esse tipo de assistência ao macróbio nem mesmo quando as teorias de Freud estiveram no auge, inspirado por seu anjo da guarda – devo confessar – um cu-de-ferro sexomaníaco.

Zebaliel nunca abandonava o arco do instrumento musical. Talvez precisasse mesmo de algum apoio psicológico, apesar de quatro querubins que o ajudavam a equilibrar-se nas nuvens. Os querubins, impúberes, tinham o corpo rechonchudo, cabelos louros cacheados, rosto redondo. Aparentavam inocência, mas farejavam qualquer tipo de sacanagem nas cortes celestes. Pairavam no ar, movendo par de asas na cabeça e outro nos calcanhares, e, salvo estreita faixa de seda enrolada no tronco, sob os braços, estavam sempre despidos, vendo-se claramente que eram supersaudáveis.

Ouvia-se dizer – entre panos e nuvens quentes – que os querubins procediam de mosteiros e conventos, sob três condições concomitantes: concebidos fora das vistas, não longe dos costumes, embaixo dos hábitos. Como do ponto de vista canônico eram seres ilegítimos, teriam sido transformados em anjinhos para evitar maledicências nos céus e indecências na terra, ou vice-versa. Apesar disso ou por causa disso – nunca se sabe o que passa ou não passa em cabeças aureoladas – não poucas eminências celestes sequiosas de mordomia incorporavam querubins às suas lides cotidianas.

Outra versão: querubins seriam filhos de anjos da guarda que copulavam com suas custodiadas, na clausura e frieza dos castelos medievais, durante as longas ausências dos maridos empenhados no calor das Cruzadas. Confirmo a versão. Eu mesmo tive de socorrer, para o bem e para o mal, duas rainhas, cinco princesas e dezessete infantas, pouco mais ou menos. Estimulado pela frescura, digo, frescor da carne humana abandonada pelos corajosos maridos e pretendentes, violei cintos de castidade valendo-me de fórmula alquímica precursora da revolução digital: meia polegada de sedução com dois dedos de magia durante sete minutos de fricção.

IX

Aleluia!
Ainda hoje, em dias festivos, o Céu fica todo cor-de-rosa. Estratos de nuvens são recheados com flocos de nuvens mais fofas – cúmulos – para acolchoar numa boa o bumbum dos anjos. Bem acomodados em ambientes virtuais com decoração minimalista, tagarelam sobre vivências, vaticínios ou amolações e, vez por outra, sobre o sacrifício de custodiar viventes em

plagas desordenadas, onde o estado é tão invisível quanto Ele, mas a sociedade não está nem aí – se não deu praia, cai no samba e ri.

Daí para tagarelices teológicas e ideológicas é um pulo, digo, bater de asas, não obstante a roupa suja celeste seja toda lavada em casa, quero dizer, no Céu, com água da chuva invertida.

Na última vez em que participei de uma dessas reuniões, corria boato de que Ele ia estabelecer medida provisória para alavancar o mercado terreno. Algo assim como a fusão do Éden com paraísos fiscais. Acho que ainda não aconteceu, mas a informação era quente, vinha da divisão de escuta dos anjos mensageiros que, dizem, grampeiam até os celulares divinos.

Do ponto de vista gastronômico, eventos celestes surpreendem: nuvens de algodão-doce são – entre um fumino e outro – servidas como *hors-d'œuvre*, enquanto o sagrado cordeiro virtual é assado sobre faixas de arco-íris e regado com cordão-de-frade, pó de meteoritos e choro de lança-perfumes contrabandeados por anjos sacoleiros. E sempre se arranjam maneiras de esticar a animação dos encontros transformando-os em festinhas, pagodes, *funks* e variações. Não escondo que, depois de três ou quatro taças de *Dom Pérignon* camuflado entre outros *spirits* – que, como já disse, nenhum anjo é de ferro –, as reuniões ficam descontraídas e joga-se um bocado de conversa na imensidão.

Se ocorrem intervalos despejados, os Sete Arcanjos aproveitam para contar aos neófitos o repertório anedótico dos cenóbios celestes. A maior parte das graças *lato sensu* abrange pedidos de indulgências encaminhados à diplomacia divina pelos pecadores terrenos arrependidos. Resulta que os novatos se molham de tanto rir (são aqueles chuviscos que pegam os humanos desprevenidos), pois estão cansados de saber que Ele é despótico, intransigente, ciumento e vingativo, fulmina o bom e o ruim, sem distinção, no tempo certo, quando bem quer e Lhe apraz.

X

Não nego que, vez ou outra nos corredores celestes, correm boatos sobre a antecipação do Dia do Juízo e, na mesma linha do zunzum, especulam que Ele vai decretar a desvalorização do pecado, pois este, todo mundo sabe, virou moeda corrente no mundo terreno, e está chegando a hora da verdade. Confesso que sobre isso já ouvi Arcanjo cochichando entre um e outro papo-de-anjo:

"Assim na Terra como no Céu."

Então, melhor confessar de uma vez que os anjos varrem a imundície do Céu para debaixo das nuvens. E como não só o mau exemplo, mas também todas as porcarias costumam vir de cima, está mais do que explicado por que os humanos pegam, pensando que é de Graça, tudo que não presta.

Anjo Mahlaliel

Encontrei a história a seguir entre as saias de uma freira (noviça) sob minha guarda.

SEXO DOS ANJOS

Desempregado, Miguel perdeu o rumo. Tudo porque embarcou no plano de demissão voluntária do banco. No princípio, a bolada parecia sonho. E como sonhos e desejos ainda não pagam imposto, ele e a mulher, Marta, sonharam com loja de *franchising*, posto de gasolina, agência de automóveis, importadora de vinhos, *Lan House*...

Na euforia que o dinheiro provoca, subestimaram os três filhos naquela idade em que educação e consumo geram despesas imediatas, resultados futuros. Além disso, gastaram pesado com restaurantes, presentes, roupas, troca de carro, viagens, nova decoração do apartamento. O alarme soou num confronto entre gordos extratos de cartões de crédito e o saldo bancário que emagrecera.

Miguel só conseguiu comprar um táxi. Os sonhos empreendedores acabaram entre a segunda trombada e o terceiro assalto. O dinheiro que restou do táxi acabou antes do previsto. E a confirmar o adágio "desgraça raramente vem sozinha", um dia Marta entrou em casa com a boca amarga, sem batom nem retoques.

— Também fui despedida!
— Meu Deus! Era só o que faltava! E agora? Temos de despedir a babá e a diarista! – disse Miguel.
— Não tem outro jeito! Eu cuido das crianças e da casa até você arranjar emprego – encorajou Marta.

Durante semanas, meses, Miguel enviou o currículo para agências de empregos, *head-hunters*, consultorias, seguradoras, financeiras, bancos, imobiliárias. Não obtendo resposta, fez promessas para os santos protetores de negócios, rezou, acendeu velas, jejuou, arquivou a libido.

Ou a fé era pouca, ou porque os santos protetores tinham muitos pedidos a atender no mercado de trabalho, coube ao destino interferir a favor de Miguel. Sucedeu que um carteiro desatento enfiou o currículo do desempregado na caixa de correspondência de uma tal "Organizações Paraíso". Dias depois, Miguel recebeu carta convidando-o para uma entrevista.

No endereço, dia e horário apontados, Miguel, na melhor estica, apresentou-se às "Organizações Paraíso." Num prédio no centro da cidade. Não precisou tomar elevador. Escadas rolantes levaram-no ao terceiro andar. Mal avistou o letreiro, apressou-se. Observou a placa "Paraíso" em salas contíguas. Chegando à porta certa, apertou a campainha e aguardou. Recebeu-o não uma secretária, mas um senhor de meia-idade, barbas cuidadas, modos polidos, bem trajado.

— Entre, Sr. Miguel, pontualíssimo, reconheci-o pela foto no currículo. Sou Johnson, o representante regional das "Organizações Paraíso."

— Bom-dia, Sr. Johnson, muito prazer! — respondeu Miguel efusivo, sentindo-se examinado de cima a baixo.

— Trouxe documentos? Precisamos hoje mesmo de um executivo como o senhor.

— Mas, e a entrevista? — ponderou Miguel com o cacoete bancário de que vale o escrito, lançado, conferido, autenticado, consolidado.

— A entrevista acabou! Faltava avaliar sua pontualidade, sua atitude, sua aparência. Está contratado.

— Bom, trouxe meus documentos.

— Perfeito. Começará a trabalhar na parte da tarde, terá o dobro do salário de mercado, comissões por vendas, seguros e incentivos.

— Excelente! Mas ainda nem sei qual é o ramo do negócio!?

— O mais excitante do mundo!

— Se for drogas, estou fora – disse Miguel, sério.

— Não, não! Nós vendemos produtos imunes a qualquer tipo de crise, planos econômicos, governos de direita, centro ou esquerda, tempos de paz ou de guerra!

— Desculpe, qual é essa maravilha?

— Sexo! – respondeu animado o Sr. Johnson.

— Estou fora!

— Calma, não é o que está pensando. Nosso ramo é o sexo artificial, alternativo, portátil, independente, criativo, talvez o sexo do futuro; temos a melhor cadeia de *Sex Shop* do mundo!

— *Sex Shop*? Sr. Johnson, estou precisadíssimo de um emprego, mas esse ramo não estava nos meus planos.

— Bem, o seu currículo não falava de preconceitos. Vai desistir?

— Hummm! Bem... – titubeou Miguel –, pensando nas contas e nos filhos. – Mas, mas... o que terei de fazer?

— Dirigir a loja e atender a clientela; sei que foi gerente de banco, tem cultura geral, fala três idiomas, temperamento discreto, isso é ótimo! Nossos clientes são pessoas finíssimas, de cultura superior, renda superior, mentalidade superior, ideal superior. Aliás, aprenda logo nosso lema de sucesso: "O cliente sempre tem tesão", digo, "O cliente sempre tem razão."

— Bom, e onde funciona essa loja?

— A *Shop*? Ah, sim, é aqui ao lado; trabalhará sozinho, é política da "Paraíso". Os clientes se sentem mais à vontade com uma só pessoa atendendo. Você se encarregará das contas, do caixa e do movimento diário. Quanto ao mais, controles, estoques e pedidos, nossa rede de computadores cobre tudo. Vou aproveitar o resto da manhã para dar-lhe instruções básicas e mostrar nossos produtos, modelos e catálogos.

— Mas será o bastante?, não sou do ramo, tenho ouvido que hoje em dia há grande variedade de estímulos e preferências sexuais...

— Bem, o ideal seria que já conhecesse os nomes dos produtos, mas isso leva uns dias e não podemos esperar... Porém, não se preocupe, toda a filosofia, a política, os produtos da empresa estão no Manual Paraíso. Ali tem tudo explicado: artigos, instrumentos, aparelhos, medidas, substâncias, dosagem, faixas etárias, efeitos colaterais, dispositivos de segurança etc. Pode ir lendo o manual quando não houver movimento de clientes.

— Hummm! E se alguém precisar de demonstração, montagem, desmontagem, coisas assim. Isso me parece meio desconfortável, meio imoral.

— Nada de imoral; temos cabina reservada para clientes exclusivistas que só compram sob medida. Mas, desde já, aprenda a citação inscrita em todas as páginas do Manual Paraíso: "A malícia está na cabeça das pessoas." Ou seja, nossos produtos, nossos artigos são estáticos, imóveis, não fazem nada indecente se não forem acionados, manipulados, e a maioria deles só reproduz esta ou aquela parte do corpo humano..., são quase inocentes!

— Mas não há produtos incrementados, turbinados, digo, mais eficientes?

— Bem, o avanço tecnológico nos obrigou, digamos, a turbinar alguns produtos, para dar-lhes maior molejo, vibração, atrito, flexibilidade, melhor *design*, cores mais atraentes, porém, sozinhos não fazem nada. Repito: "A malícia está na cabeça das pessoas!"

*

Miguel iniciou-se na nova atividade. Findo o primeiro dia, tudo ocorreu dentro do previsível para as características do trabalho. E assim passou a crer que, realmente, a malícia está na cabeça das pessoas.

Em casa, Marta não fez cara satisfeita quando o marido falou sobre o novo trabalho. Com ar pesaroso, olhou várias vezes para os filhos grudados na TV e ficou ouvindo os argumentos de Miguel. Quando ele largou o refrão "A malícia está na cabeça das pessoas", Marta se convenceu. Afinal de contas, depois de tanto tempo, Miguel conseguira emprego. E isso de decente ou indecente — pensou — é relativo, pois a televisão entra na casa de todo mundo com cada baixeza, sem a menor cerimônia.

No segundo dia, logo pela manhã, algo surpreendente aconteceu. Atraída pela placa "Paraíso", uma freira entrou na loja. Tinha o rosto níveo, gestos calmos, hábito e chapéu brancos, engomados à moda antiga, não se sabe de qual ordem. Examinou prateleiras, vitrinas internas, folheou catálogos. Mas a provar que fé também sucumbe à curiosidade humana, ou que ingenuidade é parente do engano, aproximou-se de Miguel, melodiosa:

— Vocês têm o sexo dos anjos?

Miguel enrubesceu, balançou os braços, arregalou os olhos e, finalmente:

— Como disse, irmã?

— Vocês têm o sexo dos anjos? — repetiu a freira, ligeiramente enfática.

Miguel pensou rapidamente, não queria desagradar a cliente nem ferir o lema vitorioso da empresa. Muito menos ficar desempregado outra vez. Chutou.

— Temos sim, mas é só amostra, não é política da empresa vender produtos que envolvam ética religiosa. Nem está no catálogo! — disse Miguel, pensando haver liquidado o assunto. Porém.

— Posso ver a amostra? — insistiu a freira.

Miguel corou. Mas não seria ele, Miguel dos Santos Limaverde, a contrariar que "O cliente sempre tem razão", tampouco que "A malícia está na cabeça". E como imaginação não é artigo de luxo para quem enfrentou meses de desemprego, nem a inocência é convincente porque se cobre toda de branco, uma centelha de sedução se desprendeu:

— Por favor, senhora, entre naquela cabina, sente-se, relaxe, em dois minutos eu trago a amostra, será coisa rápida, porque trabalho sozinho na loja.

— Obrigada! — disse a freira com ar de expectativa, e entrou na cabina.

Ele seguiu-a um minuto depois. Cortinas fechadas, ficaram lá um tempo impreciso, ou o tempo que era preciso, pois já se sabe onde está a malícia. Não deu para ver o que aconteceu na cabina. Ambos saíram de lá meio corados, mas aparentando satisfeitos. A freira despediu-se rapidamente, agradeceu a atenção e estendeu a mão. Seus olhos brilhavam.

À noite, Miguel não quis jantar. Marta achou-o estranho. No quarto, naquela hora em que os casais com ou sem motivo dividem a cama em feudos invisíveis, esgrimem contra o silêncio, e agridem com a respiração, procurando no teto respostas que nunca estarão ali, Marta deu um tempo. Depois, fez aquele feminil rastreamento sem tirar os olhos do teto. Começou e terminou perguntando ao marido sobre o tipo de clientela da loja. Também aconselhado pela sabedoria silenciosa do teto, Miguel respondeu que os clientes eram finíssimos, gente de gabarito, e exigentes. Só não disse que estava começando a gostar do trabalho.

Sendo as mulheres, para o bem e para o mal, descendentes de Eva, Marta partiu para "quem mata a cobra mostra o pau". E insinuou um jogo de amor. Miguel foi taxativo:

— Querida, hoje, nem pensar!

Como nessas circunstâncias, há milhares de anos, cabe à mulher a frustração da espera, Marta pareceu compreensiva. Achou razoável que a libido do marido estivesse afetada. E, sem ceder um milímetro de seus feudos na cama, adormeceram.

No dia seguinte, Miguel, arrumando-se para trabalhar, perguntou à mulher, sem mais nem menos:

— Querida, qual é a cor da inocência?

— Fala sério? — devolveu Marta.

Miguel explicou. — Se você tivesse que responder um teste, desses de múltipla escolha que aplicam aos candidatos a emprego, como responderia essa questão: "A inocência é azul, verde, preta, branca ou vermelha?"

Marta pensou menos que pouco: — Eu responderia que a inocência é branca!

— Eu também — disse Miguel, que, em seguida, resmungou algo, alegou pressa e saiu.

Marta continuou achando estranho o comportamento do marido. Teve uma idéia. Ia ver tudo de perto. Deixou as crianças na escola, fechou a casa e foi ao endereço das "Organizações

Paraíso." Subiu as escadas rolantes e, quando chegou ao corredor do terceiro andar, avistou grande fila. Conferiu o endereço e confirmou: a fila se estendia até a loja "Paraíso". Todas as pessoas na fila eram freiras em traje e chapéu brancos, engomados, alvíssimos. Eram tantas que deviam ter deixado o convento vazio. Na cabeça de Marta, pareciam formar uma nuvem branca. Branca como a cor da inocência. Então, aproximou-se de uma das freiras e perguntou:

— Irmã, para que é essa fila?

— Para ver o sexo dos anjos — respondeu a freira, com naturalidade.

Marta agradeceu. Foi-se, mais encucada que antes.

*

À noite, Miguel chegou casmurro. Resmungou com as crianças. No jantar, mal beliscou. Quando o casal se recolheu, Marta esmiuçou a sabedoria do teto com os olhos. Não vislumbrando, como sempre, resposta aos seus questionamentos, armou-se de indagações e disparou:

— Miguel, qual o artigo mais procurado na *Sex Shop*?

— Hein? Humm..., bem, é..., bem... tem sido "o sexo dos anjos".

— Posso ir lá ver?

— Você vai se decepcionar..., estou com sono, não podemos conversar sobre isso amanhã?

— E se amanhã eu aparecer lá toda de branco, como uma freirinha, na cor da inocência, vou conseguir ver o sexo dos anjos?

— Humm..., já está sabendo das freiras, andou me espionando, hein?, pois bem, fique sabendo de uma vez que fui despedido. Vou até lá amanhã para o acerto de contas.

— O quê?! Mal começou? Desempregado outra vez? Que aconteceu?

— Contrariei o lema de sucesso da empresa: "O cliente sempre tem razão."

— Mas como é que isso foi acontecer, logo com você que é perfeccionista?!

— Bem, as inocentes freiras invadiram o escritório do Sr. Johnson e se queixaram!

— E ele?

— O Sr. Johnson até que foi bacana, ouviu as freiras e depois me chamou em separado. Disse que eu era educado e criativo, mas infelizmente tinha de dar razão às freiras, me repetindo pela enésima vez que "O cliente sempre tem razão."

— Mas, afinal, do que elas se queixaram, a malícia não está na cabeça?

— Isso mesmo, querida, elas pensavam que o sexo dos anjos fosse maior!

A história a seguir saiu da boca de um taxista.
Minha pluma registrou-a sem pena.

A PASSAGEIRA

Passava da meia-noite. Na contraluz dos lampiões da avenida Rio Branco, rajadas de vento faziam ou desfaziam sombras que pareciam vir da copa das árvores, dos becos, das marquises, de outras sombras. Sabe-se lá de onde vinham. Henrique reduziu a marcha do táxi próximo à boca do metrô, àquela hora sem engolir mais ninguém. Avançou na direção do Theatro Municipal. As calçadas vazias, a não ser de mendigos, desocupados e de fazedores de hora – agentes antieconômicos. Com o tempo ruim, pegar algum passageiro, só com muita sorte.

Henrique engoliu em seco sua frustração. Piscou os olhos cansados. O cenho acentuou-lhe as rugas. Pensou em tomar o rumo de casa. Ia acelerar. Em frente à Biblioteca Nacional, um vulto descia as escadarias. Henrique pisou leve no freio e margeou o meio-fio. Talvez alguém procurando táxi, pensou.

A mulher acenou com a sombrinha e completou – Táxi! Parecia apressada. Henrique se animou. Muita sorte, numa noite daquelas. Acionou o pisca-pisca e parou o veículo na beira da calçada. A mulher se aproximou em meio a lufadas de vento e borrifos de chuvisco. Era alta, ar de estrangeira. Vestia capa escura e tinha um lenço de cor indefinida protegendo os cabelos. Abriu a porta traseira e se acomodou no banco espaçoso. Usava uma bolsa grande, com alça dupla, dava para ver. Henrique acionou o taxímetro. A passageira bateu a porta e, antes que o veículo partisse, soltou a voz meio rouca:

— Que vento! Boa-noite!
— Boa-noite, senhora, aonde vai?
— Cemitério São João Baptista!
— Humm! Está bem, senhora..., desculpe..., humm, mas que noite horrível para velar alguém, desculpe perguntar, era pessoa da família?
— Não, não, é que..., bem, meu nome é Ingrid, sou um anjo da guarda e moro no cemitério há muitos anos, na segunda alameda, mas ando pensando em sair de lá. Por enquanto, pode me deixar na entrada principal, perto do Túnel Velho, aqueles portões nunca fecham.

Henrique não se alterou. Em quase cinqüenta anos de profissão, transportara artistas, lunáticos, boêmios, prostitutas, drogados, bombeiros, médicos, bandidos, tiras, moribundos, cadáveres, gente boa e gente ruim. Preferia trabalhar à noite, o tráfego era mais calmo, embora houvesse outros riscos. Segundo sua filosofia de vida, no trabalho noturno a féria compensava. Importante é que soubera aliar a necessidade de trabalhar à experiência de lidar com o inusitado. Sabia que o mundo do taxista era assim. Podia acontecer de tudo. E o carro foi atravessando a neblina, vencendo a distância.

— Há anos não entro na Biblioteca Nacional, sei que fizeram reformas lá, parece que já tem computadores... — disse Henrique, tentando dar um clima convencional à conversa.

— Vou lá toda quinta-feira, faço pesquisas visando o futuro; falta pouco, hoje me distraí e não vi fecharem as portas — disse a passageira, já com voz metálica.

Henrique ouviu aquilo e, como não há donos da verdade nem do tempo, olhou discretamente o relógio no painel do carro. Passava da meia-noite. Aproveitou a iluminação junto ao semáforo para enxergar melhor. Olhou pelo retrovisor, empinando o pescoço discretamente como os taxistas sabem fazer. Deu para ver o rosto lívido da passageira, o lenço de cor indefinida na cabeça e a capa escura abotoada. Não resistiu:

— Desculpe, a senhora não viu apagarem as luzes da biblioteca?

— Não preciso de luz para ler, sou indiferente às luzes deste mundo — respondeu a mulher, enigmática.

Por uns instantes, Henrique ouviu o ronco do motor, o ruído cadenciado das varetas limpando o pára-brisas, o ato de engolir a própria saliva e o bater do coração. Queria mesmo era ouvir aquela voz interior que sabe de todas as coisas. Respirou fundo, mantendo o carro em velocidade segura. As condições do tempo persistiam desagradáveis. Chuvisco e neblina se amalgamavam. Pouco a pouco, o sentimento do medo se entranhava na textura da noite. Medo. Henrique pousou os olhos na pequena imagem de São Cristóvão no painel. A voz da experiência se antecipou àquela interior.

O taxista calou-se. O silêncio, antes restrito à cabina do carro, cresceu e continuou crescendo pela pista. Um silêncio comprido, de três, quatro quilômetros. E não foi mais longe porque a passageira interrompeu:

— O senhor tem parentes lá?

— Humm! Onde?

— No Cemitério!

— Ah! Sim, bem, tenho sim, vários, acho que todos, mas faz tempo que não vou lá; aliás, faria qualquer coisa para não terminar ali, depois de tanta luta. Tudo é difícil, a senhora vê, a essas horas, na minha idade, ainda estou trabalhando. Se eu fosse mais novo, trocava de profissão.

— Devia fazer isso. Acho que falta pouco.

— Pouco para quê?
— Para o Cemitério.
— Ah! Sim, mais duas quadras, dobro à esquerda, pego a rua Real Grandeza e faço o retorno perto do Túnel Velho.

A passageira calou-se. Henrique sentiu desconforto. Ainda bem que a corrida estava chegando ao fim. Ficaria aliviado quando ela deixasse o táxi. Concentrou-se na direção. Os minutos pareciam intermináveis. De longe, dava para ver as escadarias da entrada do Cemitério São João Baptista. Ninguém subia, ninguém descia. Janelas abertas e luzes frouxas nas capelas. Mas havia velórios, porque o anjo da morte é assíduo, laborioso e incansável. Henrique reduziu a marcha do carro e foi parando. Bem junto ao meio-fio. Fixou os olhos no taxímetro digital e disse aliviado:

— Pronto, senhora, a sua corrida deu...

Nem resposta, nem movimento no banco traseiro. Henrique, primeiro, olhou pelo retrovisor. Não achou a passageira no espelho. Virou o pescoço, cautelosamente. Tomou um susto. Nem sombra da mulher!

Certificou-se de que as portas traseiras continuavam fechadas e desviou o olhar para a escadaria. Viu a passageira já nos últimos degraus, lépida, bolsa a tiracolo, sombrinha fechada, lenço na cabeça. Mais não viu.

O taxista acendeu a luz interna do carro e procurou alguma coisa, qualquer coisa sobre o banco. Talvez uma cédula, qualquer compensação. Mas nada encontrou, nem mesmo gota ou respingo de chuva. Então, algo se manifestou dentro dele. Era aquela voz interior. Ouviu-a resignado. Tinha abandonado seus mortos. Abateu-se. Pensou. Repensou. Recobrou-se. Depois, acelerou no rumo de casa e foi se aninhar na solidão de sobrevivente.

Acordou cedo. No céu da manhã, nuvens baixas, alta umidade. No céu da boca, secura. Na terra, carros em velocidade, passantes indo, passantes vindo. Vento e chuva tinham amainado.

Henrique foi mesmo ao cemitério. Estacionou o táxi defronte aos grandes portões de ferro que dão para a rua General Polidoro. Comprou cravos e rosas num vendedor ambulante. Fez ramalhetes. Tomou cafezinho adiante. Caminhou pela alameda principal, persignou-se no Cruzeiro das Almas, dobrou à esquerda, depois à direita, de novo à esquerda.

Chegou ao túmulo dos seus mortos. Cumprimentou-os pelo nome, como se estivessem vivos – num evento em família. Desfez os ramalhetes e espalhou as flores por cima da tumba, balbuciando preces e, possivelmente, desculpas pelo atraso, ou melhor, longa ausência.

Sem-cerimônia, sentou-se sobre o túmulo e ficou em silêncio, pensando, quem sabe, sobre o seu futuro e inevitável endereço. Talvez precisasse ouvir de novo a voz interior. Pensou e pensou. Enfim, sentiu-se mais leve, fez o pelo-sinal, saudou os finados e partiu. Seria capaz de jurar que uma voz se insinuou: "Falta pouco."

Tomou o caminho de volta e pegou um atalho entre fileiras de sepulturas. Mal cruzara a alameda, avistou um anjo da guarda em granito sobre enorme mausoléu. Sentiu-se atraído irresistivelmente. Aproximou-se e viu uma capa escura desabotoada, bem como outros objetos aos pés do anjo. Chegando mais perto, a leitura da epígrafe na lápide esculpida em forma de livro quase o petrificou: "Ingrid Kraftenberg, 1890/1938."

Sem ninguém ao redor, o anjo granítico desceu do mausoléu, despojou-se das asas e falou com Henrique o que julgou apropriado, talvez um acerto de contas referente à noite anterior.

Em seguida, vestiu a capa escura, ajeitou o lenço de cor indefinida, pegou a bolsa com alça dupla, a sombrinha, estendeu a mão ao taxista, como a dar ou recolher algo, e se foi.

Henrique escalou o jazigo com alguma dificuldade, visivelmente encurvado sob o peso das asas. Tinha a expressão rígida, mas esboçou um sorriso marmóreo ao assumir a guarda do mausoléu.

A história a seguir era o roteiro de um filme em preto-e-branco. Tentei dar-lhe cores literárias.

UMA QUESTÃO DE COR

Maria das Salvas, filha caçula de João das Salvas e Juvência – casal branco, de olhos claros e visão turva –, crescera com a ladainha nos ouvidos, "Fica longe dos pretos! Lembra das gêmeas, suas irmãs!". Sendo o mundo real indiferente àquele desenhado na cabeça das pessoas, Maria amava em segredo um rapazinho de origem etíope, Benevides – colega de turma e melhor aluno da escola pública naquele subúrbio. Beirava os dezesseis, dezessete anos. De boa índole, QI genial, não se envolvia com igrejas de aluguel infiltradas na escola, nem com qualquer outra droga. Em questões de estudo, colecionava prêmios, servia de exemplo e era referência da escola. Órfão, Benevides dependia de uma tia solteirona.

Maria das Salvas, exuberante aos quinze anos, superara de longe o manequim de menina-moça. Relevos pressionando o alinhamento do uniforme anunciavam a mulher. No verde dos olhos, o amor vicejando, enquanto o cenho pálido parecia exprimir um pesar que somente cedia na presença de Benevides.

No fim do dia, os estudantes retornavam a casa caminhando em grupos. Ônibus rareavam. Um ou outro aluno tinha bicicleta, de segunda, terceira mão, ou de mão a perder de vista. Falastrões, salpicavam de conversa fiada quiosqueiros, biroscas e vendilhões às margens da estrada. Depois, atravessando becos e ruelas, os grupos se desmanchavam, de sorte que Benevides e Maria das Salvas terminavam a caminhada quase sempre sozinhos. Uma vez que o coração do rapaz sintonizava com os anseios da colega, ambos concentravam a conversa nos próprios sentimentos, pouco importando o entorno.

Porém, até mesmo o amor não consegue imunizar as pessoas contra instâncias do cotidiano o tempo todo, e, lá pelas tantas, os adolescentes derivavam para preocupações escolares, carências domésticas, temores e esperanças da idade. Em matéria de crença, Maria das Salvas era devota dos anjos, e carregava santinhos na mochila. Já o rapaz não escondia cepticismo.

Anjos daqui, anjos dali, um dia a tia de Benevides foi sorteada numa rifa. Prêmio: bicicleta nova em folha. A boa senhora não sabendo de pedais, nem equilibrar-se sobre rodas, pensou vendê-la e reforçar o orçamento. Depois, achou melhor presenteá-la ao sobrinho, de modo que Benevides se viu pedalando o sonho de todo jovem daquelas bandas.

A felicidade sobre rodas afastou temporariamente o rapazola de suas caminhadas com os colegas. Mas logo, logo, Benevides sentiu falta dos olhos verdes e do ar fugidio da mocinha, até que num benfazejo intervalo de aula os enamorados combinaram voltar juntos na bicicleta. Desde então, amor e tempo passaram a correr sobre aros e rodas.

Não sendo a inveja privilégio de ricos e abastados, a maledicência inventou caminhos nunca percorridos pelos jovens. E porque a malícia dispensa roda para chegar mais depressa, conversas desvirtuadas emprenharam os ouvidos de João das Salvas e Juvência.

— Esse Benevides, que traz você de bicicleta, não é aquele preto metido a besta do outro quarteirão?

— Pelo amor de Deus, pai, o Benevides é o melhor aluno da escola, e ele não é besta — respondeu Maria, prevendo confusão.

— Dizem que não vai a nenhuma igreja; além disso, é preto! Todo santo dia repetimos pra você se afastar de crioulos! Já esqueceu a tragédia das suas irmãs? — disse o pai, enfurecido.

João das Salvas era de gênio rude. Calceteiro de ofício, sem ganhos e emprego certos — culpava os patrões que, segundo ele, culpavam os sindicatos, que culpavam os fiscais, que culpavam os políticos, que culpavam a televisão, que culpava o diabo. Sobrevivia de biscates e recorria à cachaça das biroscas vizinhas para aliviar suas frustrações. O engodo na rua sempre acabava em confusão doméstica.

Juvência ou era amarga ou era azeda. Costurava em casa sob encomenda para confecções de roupas. Trabalhava muito, ganhava pouco, tinha medo de tudo.

— Menina teimosa, não viu o que aconteceu com as suas irmãs? — atacou a mãe.

— Não tem nada demais, mãe, voltamos juntos da escola todo dia na bicicleta dele.

— Menina desgraçada, tirando sarro na bicicleta todo dia com aquele crioulo! — esbravejou o pai. — Vou te mostrar!

E esbofeteou severamente a filha. Não satisfeito, desatou o cinturão e surrou-a. Foi preciso Juvência intervir, atracando-se ao embriagado. João das Salvas gritou que preferia matá-la a saber que andava com um crioulo sem eira nem beira (expressão ainda usada naquele subúrbio).

Os gritos da menina ecoaram nas paredes, nas vigas, bateram no telhado, vazaram goteiras, ganharam o vento, sumiram na poeira. No tumulto, um santinho caiu da mochila, rodopiou, enviesou e sumiu. Durante a agressão, a mocinha invocara, "Valei-me, meu anjo da guarda!"

Envergonhada com os hematomas da pancadaria, faltou uma semana à escola. Quando retornou às aulas, tinha a carne sarada, alma purgando. Os pais justificaram as ausências com a desculpa de uma febre, coisa comum nos subúrbios, onde o estado é tão invisível quanto Ele, como alguém já disse.

Difícil foi evitar Benevides. De um lado, a atração irresistível do amor, de outro, as ameaças terríveis do pai. E morreria de paixão se o motivo da pancadaria extravasasse. Nos intervalos de aula se escondia nos banheiros. Na saída, remanchava.

Foram-se os dias, e, como nos quadrantes do amor, o tempo não compartilhado faz fronteira com a eternidade, remoer de infindáveis suposições levou o inteligente rapazinho a tomar decisão. Deixou a bicicleta em casa e retornou às caminhadas com os colegas. Disse à tia que vinha chovendo muito e a bicicleta ficava enlameada.

A mocinha preocupou-se vendo-o a pé, no meio do grupo. Caminharam próximos (mas não juntos) quase meia hora, com olhares desconfiados, palavras entrecortadas, corações aos saltos. Quando os colegas tomaram seus rumos, Benevides falou em tom baixo:

— Meu coração diz que aconteceu alguma coisa ruim, me conte, Maria das Salvas!

A jovem suspirou. Os olhos verdes vigiando perigos à frente, enquanto suor úmido escorria das frontes. Nuvens densas tingiam cores de pesadelo no céu. Sentiu o coração descompassado, pois já se aproximavam de casa e alguém poderia vê-los. Pior: denunciá-los ao pai. Olhou Benevides, não de todo dissimulada, respirou fundo e invocou, "Valei-me, meu anjo da guarda!"

Mal terminou a invocação, um relâmpago rasgou e cerziu o céu. De surpresa, a mocinha pegou o rapazola pelo braço e puxou-o para dentro de rústico quiosque abandonado. Um temporal começou a despencar. Valendo-se da cortina formada pelo aguaceiro, Maria abraçou Benevides pelo pescoço e disse tristemente:

— Não podemos ser amigos, meu pai me baterá, e ele jurou me matar se souber que ainda converso com você!

— Que loucura, nós não fazemos nada demais... E eu te amo, é um suplício ficar longe... Bem, tenho vaga idéia dos motivos do seu pai, mas preciso saber a verdade, me diz, Maria, me diz!

Benevides seguiu argumentando com desenvoltura de adulto e impaciência de adolescente. Maria das Salvas encostou o rosto no peito do rapaz. É nessas horas que a voz do sofrimento regride aos tempos primórdios. Podia ouvir-lhe a voz do coração, poderoso grito tribal, imune ao estrépito dos trovões e ao chuá das enxurradas.

— Me diz, Maria das Salvas?

Sentir-se amada por Benevides encorajou-a de tal modo que parecia capaz de enfrentar o próprio Dilúvio. Mas não conteve o amargor na boca, nem dominou o tremor das pernas sob a saia pregueada do uniforme. Enxugando lágrimas com o dorso das mãos, suplicou:

— Meu amor, me poupa dessa vergonha!

— Me diz, Maria das Salvas, me diz o motivo!?

Invocando outra vez, "Valei-me, meu anjo da guarda!", sentiu uma súbita carga de energia e, crendo estar sob a proteção do seu anjo, confessou cabisbaixa:

— É por causa da sua pele, mas eu amo você com qualquer cor, amo o que está dentro de você... — disse, perdendo o fôlego, com a palma da mão no peito do rapaz.

— Eu já desconfiava! Mas não tenho raiva dele, tenho até pena, muita pena, porque ele é vítima e carrasco da sua ignorância, e nunca vai entender que a pintura da nossa pele, da nossa carroceria humana é só uma coisa química, uma tintura da Natureza, como aprendemos nos livros, e não tem nada a ver com a pessoa que somos ou não somos...

— Benevides, meu amor, tudo isso vai passar. Tenho fé! Rezo muito pro meu anjo da guarda! Ele vai nos ajudar de alguma maneira... E nós vamos nos amar sempre, somos almas gêmeas!

Tremendo, Maria das Salvas beijou-lhe a boca úmida e disparou no rumo de casa. O aguaceiro desfez as lágrimas da jovem, enquanto o seu coração vertia outras torrentes. Benevides saiu do quiosque e deixou-se encharcar, pensando, quem sabe, lavar a alma com os cristais da chuva. Sua pele negra e bela adquiriu brilho extraordinário sob os relâmpagos que descosturavam o céu.

*

Anjos conhecem de sobra as entradas, instalações, passagens e saídas da mansão do tempo. No dia em que João surrou Maria das Salvas, o santinho que caiu da sua mochila enfiou-se num vento encanado e chegou aonde tinha de chegar. Instantaneamente, o anjo invocado adentrou as dimensões terrenas e, invisível, presenciou a violência paterna, bem como recuperou antecedentes daquela família.

Apurou que jovens negros drogados estupraram as irmãs gêmeas num vagão de trem já se iam lá cinco anos. Desde então, as moças moravam com parentes no interior do país. João das Salvas mandou-as para longe por causa dos traumas. Uma perdera a fala, a outra engravidara. Mas, na cabeça do rude, foram as seqüelas do parto que o obrigaram à medida extrema, já que, prematuramente, netos trigêmeos vieram à luz conforme as leis da genética.

*

Voltando ao dia do temporal, quando Maria das Salvas invocou o seu anjo da guarda sob relâmpagos formidáveis e confessou a Benevides o motivo torpe do seu afastamento, as coisas aconteceram mais ou menos assim. O anjo invocado aninhou Maria sob suas asas, desde o quiosque à casa da mocinha, e aguardou a noite chegar.

Lá pelas tantas, borrifou em todos os ambientes da moradia o encanto da sonolência e dos sonhos – que rapidamente surtiu efeito. João das Salvas se esparramou numa poltrona, cruzou a província dos sonhos meio tonto, até que, tonto e meio, começou a roncar. Juvência, pensando ser efeito da cachaça, deixou-o lá mesmo e entrou no quarto, sob estranho torpor. Acabou num sono pesado e entre sonhos desconexos. Maria das Salvas, silenciosa, deitou-se ao lado da mãe e adormeceu. Teve um sonho fantástico, em preto-e-branco. Vira seu anjo da guarda flutuando sobre nuvens de camélias e apontando o horizonte, talvez o futuro. Havia muita neblina no sonho, mas conseguira distinguir o próprio vulto, em vestido de noiva, logo abaixo do anjo e abraçado a Benevides.

Enquanto todos sonhavam, o ente celeste arrancou uma pluma de suas asas, embebeu o bico da pena em poção manipulada noutras esferas, e foi direto à poltrona onde João ressonava. Os tornozelos do homem escapavam das calças. Meticuloso, o anjo infiltrou a poção além da epiderme do bruto e retornou aos páramos de onde viera.

João acordou mal-humorado, reclamando de coceira em ambos os tornozelos. Queixou-se de que mosquitos o teriam picado durante a noite. Coçou-se sem-cerimônia. Sentindo a coceira aumentar, pediu a Juvência para esfregar algodão com álcool nas partes afetadas.

Assustaram-se.

Em vez de vermelhidão, viram estranha mancha violácea crescer em volta das supostas picadas. Reagindo ao álcool, a coceira abrandou, mas as manchas cresceram. Evoluíram tão rápido que, pela hora do almoço, a perna esquerda arroxeara joelho abaixo. E o mesmo sucedeu com a outra perna logo depois do jantar.

Um vizinho veio ver e assustou o casal ao dizer que aquilo parecia intoxicação ou até mesmo gangrena, e que era melhor procurarem a emergência médica do posto de saúde local. João das Salvas e Juvência combinaram ir ao posto na manhã seguinte, mas demoraram a adormecer, pois ficaram bom tempo discutindo sobre as possíveis causas da roxidão – que nem doía. O cansaço os venceu.

O rude despertou cedo, levantou-se e examinou a perna. Apavorado, gritou pela mulher. Da virilha para baixo, a perna esquerda estava roxa. Juvência, assustando-se com o que via, sugeriu-lhe uma ducha fria antes de saírem.

João foi ao banheiro, abriu o chuveiro, ensaboou-se bem devagar, com todo o cuidado, reparando o contraste entre a espuma branca e a perna roxa. Não sendo a intenção dos homens formulada com a química dos padrões celestes, estranha reação começou a se processar.

O calceteiro esbugalhou os olhos quando a outra perna ficou inteiramente roxa, e também a genitália, o ventre, o peito, os ombros, os braços, as mãos, os dedos. E, por incrível que pudesse parecer aos seus olhos de desespero, o corpo inteiro, até então arroxeado, foi escurecendo. E, em segundos que não completaram o minuto, João foi escurecendo mais e mais, cada vez mais, até ficar preto retinto.

De repente, a mulher ouviu um grito que vazou pela porta do banheiro, espalhou-se pela casa, bateu nas vigas, no teto, atravessou goteiras, zuniu nas calhas, saltou telhados, cruzou monturos, pulou esgotos...

Apesar do estardalhaço, Maria das Salvas nada ouviu nem despertou, possivelmente protegida pelo anjo. No entanto...

— Juvênciaaaaaa! Meu Deus! Corre aqui!

A mulher, muito assustada, se aproximou da porta do banheiro e viu alguém lá dentro.

— Misericórdia! Quem é você?
— Maldição! Sou eu, João, virei crioulo, negão!
— Meu Deus! Será que isso pega?

Encontrei o texto a seguir num vagão do metrô nova-iorquino. Fiz os retoques, reduções e ampliações indispensáveis.

ESTAÇÃO SILÊNCIO

Numa clara manhã de outono, eu perambulava na zona baixa de Manhattan, catando livros em sebos, bisbilhotando vitrines de antigüidades, quando vi uma trintena de pessoas formando fila na calçada do outro lado da rua.

Deixei-me levar pelo vento outonal e aproximei-me do grupo. Notei que todos portavam uma ficha numerada, parecendo senha. Era estranho, ninguém falava. Folheando conceitos na biblioteca do pensamento, achei esse: filas em tempos de paz (acima do equador) são grupos organizados com propósitos que costumam se esfumar perante guichê, porteiro, roleta ou similar, e constituem ambiente propício para acionar o gogó contra o tempo, impostos, inflação, taxas de juros, desemprego, globalização, imigrantes e gente que faz sucesso ou dinheiro. Constatei imediatamente que o comportamento daquele grupo não correspondia ao meu acervo de experiências e conhecimento.

Uns liam jornais ou revistas calmamente, embora o vento dificultasse o manuseio das páginas. A fila ia em direção à cancela de um terreno baldio entre dois edifícios antigos. Tapumes recobertos de cartazes publicitários escondiam frente e fundos do terreno. Junto à cancela havia um sujeito de boné quadriculado e com protetor de ouvidos. Talvez o vigia do lugar.

Despojei-me do que me restou das vestes de anjo, assumi aspecto e trajes humanos condizentes, e entrei na fila para saciar minha curiosidade. Pouco depois, a coluna movimentou-se.

O primeiro do alinhamento, um homem baixinho, dirigiu-se ao de boné quadriculado, entregou-lhe a senha e ouviu qualquer coisa ao pé do ouvido. Aberta a cancela, deu para ver que o homenzinho entrou no terreno, caminhou alguns metros, desceu uma inclinação, e sumiu.

Não demorou meio minuto para a segunda pessoa da fila movimentar-se. Dessa vez, uma senhora tangendo os setenta anos, porém segura de inabaláveis cinqüenta e cinco. Entregou a senha ao sujeito de boné quadriculado, ouviu qualquer coisa ao pé do ouvido, ajeitou as mechas do penteado, talvez pensando em mudar na próxima escova, entrou no terreno, e logo desapareceu. Seguiu-a um sujeito de barba espessa que não tirava os olhos do jornal.

A fila cresceu. Outras pessoas encompridaram a linha atrás de mim. Ninguém falava. O homem do boné veio em nossa direção e, sem dizer palavra, entregou-nos uma senha em papel cartonado. Recebi a de número quarenta e oito. No rodapé da senha, passei os olhos numa estranha expressão: "O que o silêncio integra, o rumor desintegra."

Em treze minutos era a minha vez. O de boné conferiu a senha e cochichou: "Em qualquer estágio, o seu lugar sempre terá o número 48. Veja o que tem de ver, ouça o que tem de ouvir, faça o que tem de fazer, siga a sua intuição, pense no que tem a dizer mas não diga, apenas pense forte." E foi tudo.

Caminhei vinte e dois metros no terreno, desci uma escadaria, talvez de estação do metrô desativada havia décadas. Antigos lampiões a azeite afrouxavam a iluminação que tingia as paredes e tombava nos degraus.

Após seis lances escada abaixo, entrei numa galeria escavada na rocha. As paredes tinham o mesmo tipo de iluminação da escadaria. Senti algo pesado se movendo abaixo do nível dos pés e ligeiro tremor no solo. Tremor silencioso feito sonhos humanos, ou fitas do cinema mudo.

Junto à iluminação, setas indicavam direções. Cruzei a galeria e desci vários lances de escada. Fazia frio. Cheguei a um lugar amplo, silencioso e limpo, talvez outro pátio desativado e que servira a manobras auxiliares do metrô. Antigo comboio estacionara ali. Todos os vagões tinham as portas fechadas, exceto o último. Entrei e vi, já sentadas, as pessoas que me precediam na fila da calçada. Ninguém me olhou. Encontrei o assento número quarenta e oito desocupado e sentei-me. Ao meu lado, o tal sujeito de barba espessa se acomodara. O barbado não me deu a mínima, entretido com a leitura de semanário barato.

Os demais foram chegando. Finalmente, chegou um funcionário em antigo uniforme das redes metropolitanas. Tinha um apito na boca. Entrou no vagão, não falou nem despertou a atenção dos presentes. Pareceu contar os lugares preenchidos, fez ar de satisfeito, saiu e fechou as portas do veículo de modo silencioso pelo lado de fora. Não deu sinais com o apito, mas o trem começou a mover-se estranhamente sem ruído. Viajamos três quartos de hora ininterruptos, atravessando túneis e galerias. Quando o trem parou, todos saltaram de modo ordenado. Placa expressiva nomeava o lugar – "Estação Silêncio." Subimos longas escadarias, atravessamos corredores à esquerda e à direita, até atingirmos salão escavado na rocha bruta, iluminado também por lampiões a azeite.

Era um auditório quadrilátero onde contei sessenta e quatro poltronas dispostas simetricamente, oito por lado, de modo que me sentei, à direita (ou à esquerda, que nada é absoluto visto de outras esferas), no último assento da sexta fila e de número quarenta e oito. Os assentos das duas últimas filas ficaram vazios. Observei que o homem baixinho e a senhora crédula de seus cinqüenta e cinco anos já estavam sentados à frente. Ao fundo, cartazes esmaecidos indicavam proibição de fumar, bem como o obséquio de toaletes e cabides para agasalhos e chapéus.

Na frente do auditório, mesa com toalha alvíssima realçava a presença de sete cavalheiros barbados ocupando cadeiras de espaldar alto. Trajavam fraque e cartola preta, exceto o cavalheiro do meio cuja cartola era branca. Os personagens quase me levaram ao riso, não fosse a misticidade do ambiente. Contive-me. Os barbados assentiam inclinando a cabeça à medida que sentávamos. Pareciam conhecer todos os presentes, menos um. Fingiram não me ver, tirante o cavalheiro de cartola branca que me olhou acintosamente durante oito segundos. Intensa vibração emanou de sua cartola em direção a mim. Inexplicavelmente minha língua engrossou, endureceu e congelou, como se anestesiada em cadeira de dentista.

Ocupados os quarenta e oito assentos, o de cartola branca fez um gesto abrindo a sessão, ou o evento, ou o que fosse. Em seguida, o homem que ocupava a poltrona número um levantou-se polidamente e começou a gesticular, moderado, e sem pronunciar nenhuma palavra. Não movia os lábios. Não emitia som ou ruído. Balançava a cabeça, franzia o cenho. Abria e fechava as palmas das mãos. Apontava o indicador, movia o polegar. De nenhum modo se podia afirmar que era espécie de pantomima. Mas era um estranho modo de expressão. Óbvio que o sujeito realmente conseguia se comunicar com a bancada e demais presentes.

No auditório, olhos cúmplices pareciam acompanhar o expositor. Enquanto os cavalheiros arqueavam sobrolhos, as senhoras abrandavam o cenho. Ninguém emitia voz. Os sete barbados da bancada seguiam o expositor atentamente. Faziam ar de aprovação ou contrariedade, conforme eu supunha, se ia bem ou mal o argumento da vez. O expositor chegou ao fim do relato, ou caso, ou juízo, ou sabe-se lá o que era aquilo, e gesticulou em agradecimento, foi o que deduzi. Ao acabar, tinha a fronte ligeiramente perlada, apesar da baixa temperatura reinante. Então, os mesários sinalizaram sutilmente com o polegar, indicando ao expositor para retomar o seu assento.

E, como acontece nos recitais de música erudita, pigarros discretos chegaram a fugir do bloqueio de punhos e lenços, lassos, quase inaudíveis. O silêncio era tal que dava para ouvir o atrito das roupas deslizando nos assentos. E também o cruzar e descruzar de pernas.

Seguiram-se os demais. A senhora crédula de seus cinqüenta e cinco anos levantou-se, concentrou-se, abanou as mãos, gesticulou para cá, para lá, arregalou olhos ainda atraentes, fechou-os, pendeu a cabeça, fez do indicador e polegar valiosos acessórios de sua retórica, e, não dizendo absolutamente nada – aqui, sem qualquer conotação de anjo machista –, levou bons dez minutos e meio.

Outros expositores se seguiram, valendo-se igualmente do insólito método de comunicação. Alguns poucos eram rapidíssimos, mal iniciavam e já terminavam, como se nada tivessem a declarar. Assim decorreu o encontro que tomou o dia inteiro, sem intervalos, salvo para o obséquio dos toaletes.

Chegara a minha vez.

Que eu era um intruso no temário, todos pareciam saber. Confiante nos meus poderes de anjo, ainda que reduzidos, articulei estratégia própria do gênero humano decadente: falar muito sem dizer nada.

De fato, não fossem as instalações da galeria, bem como a viagem subterrânea no vagão antigo, tudo o que percebera nas últimas horas poderia ser versão de hipnose ou histeria coletiva, ou, quem sabe, de sonho coletivo.

Tendo a língua congelada, vali-me da recomendação do sujeito de boné, segui minha intuição e pensei forte:

"Senhoras, senhores, entrei na fila da calçada por acaso ou, sendo sincero e esperando me perdoarem, me juntei ao grupo por mera curiosidade. Sou o anjo Mahlaliel, venho de outras dimensões, banido do convívio celeste por motivos incoerentes com este momento... Desde então, estou peregrinando na terra entre os homens, aprendendo um pouco de tudo, e, quando julgo ser útil a uma causa justa, neutra ou injusta, nela me engajo, porque os critérios humanos são voláteis, pendem para esse ou aquele lado conforme os interesses da vez."

Continuei:

"Matar um semelhante, por exemplo, pode significar ato criminoso ou de compaixão, ato de legítima defesa ou de heroísmo, ato de imperícia, imprudência, negligência ou desatenção, mas também apenas o cumprimento do dever segundo cultura, costumes, normas e leis. Bem assim, deflorar uma virgem pode significar um dever, ou costume, prêmio, direito, penalidade, obrigação... enfim, para não me alongar com argumentos vagos entre o esterco e o etéreo, acho que os parâmetros humanos de julgamento dependem sempre de cinco fatores circunstanciais: cultura, costume, valor, tempo e lugar." Fiz uma pausa, e reparei que quase todos mexeram disfarçadamente os dedos da mão.

Pensei mais forte:

"Suponho que esta reunião vise terapia de grupo, com base na sabedoria poética de Camões: 'Escuta a história dos meus males e cura a tua dor com a minha dor.' Suponho ainda que seja uma confissão pública, talvez um ato preparatório para nova e desconhecida fase no caminho de todos." Senti que ninguém concordou ou discordou, mas um ar de interesse ficou quase visível.

Fui adiante:

"Por ordem celeste, guardei gente boa e gente má, perpetrei delitos terríveis, inconfessáveis, no cumprimento do dever em obediência ao costume, à norma, às medicinas do corpo e da alma, ou em defesa de uma cor, bandeira, razão, fronteira, ideologia... O tempo passou e vi que era prisioneiro dessa absurda dualidade do mundo: o Bem e o Mal. Então, rebelei-me, estabeleci situações intermediárias entre aqueles extremos e, desse modo, peregrino em busca do meio-termo, do melhor para todos, não sei se estou certo ou errado, mas só faço o que manda o coração." Ninguém moveu músculo.

Achei melhor encerrar:

"Então, senhoras, senhores, pelo fato de escolher meus caminhos, seguir os impulsos do meu coração, sem obedecer a nenhuma ordem, a nenhum paradigma ou razão impostos como totalmente certos, ou radicalmente errados, acabei entrando nesta caverna onde penso esteja aqui o destino do homem terreno: voltar às origens, ao silêncio sábio das cavernas, ao estágio sereno do início dos tempos, quando inexistiam sinais de comunicação programados pela inteligência, e muito antes das grandes viagens e aventuras protagonizadas pela palavra, talvez o mais antigo e não reconhecido ancestral da roda!

"Parabenizo-os porque me parecem adiantados no ambicioso projeto. Sei que não mereço aplauso ou perdão, prêmio ou castigo, mas não posso deixar de agradecer as lições que hoje saboreei ao perceber a grande sabedoria do silêncio.

Finalizando, peço sinceramente que me deixem seguir livre, tal como cheguei."

Os mesários e meus companheiros de auditório se entreolharam de modo indecifrável. Inconfundível sinal do cavalheiro de cartola branca me autorizou a sentar. Então, com imenso e estranho alívio, minha língua descongelou.

Em seguida, os mesários derramaram o olhar sobre a platéia demoradamente e de um modo como não haviam feito durante todo o evento. Talvez transmitissem recursos esotéricos, ou cumprissem liturgia de despedidas que eu desconhecia. Não pude conjeturar além, pois encerraram o evento com um gesto apressado, embora visivelmente bem ensaiado. Retiraram-se, via toalete, e desapareceram.

O público não aplaudiu nem comentou, apenas se levantou em silêncio. Mas tanto os cavalheiros quanto as senhoras já não mantinham fisionomia indiferente quando tomaram a direção da placa indicativa de saída. Segui rumo e corrente por bons dez minutos, varando corredores também iluminados com lampiões a azeite. Depois, subimos lances de escada que me pareceram familiares.

Enquanto isso, observei que aquela característica de indiferença do grupo evaporara. No seu lugar, adeuses marejados começaram a afogar os olhos. Só intuí que era uma espécie de despedida quando todos os semblantes despencaram sob o peso dos cílios encharcados.

Surpreendente! Havíamos retornado à superfície, ao terreno baldio. Depois de horas seqüestrados pelo silêncio, mesmo para um ex-anjo acostumado com os trovões da ira celestial, o ruído na rua era ensurdecedor.

O sujeito do boné quadriculado e protetor de ouvidos estava do lado de dentro do terreno, orientando a saída. Sem dizer palavra, recolheu as senhas, abriu a cancela, tirou o boné em sinal de respeitável cumprimento, um após outro, e só o repôs na cabeça quando chegou a minha vez, o último a passar, coisa de meio minuto depois. Deu a entender que ficaria espiando o que acontecia lá fora através de uma brecha no madeirame, e fechou a cancela por dentro.

Mas já não havia ninguém na calçada.

Estupefato, absolutamente sozinho, fiquei ouvindo as lufadas do vento outonal reverberando o tremendo rumor da megalópole.

Levei um bom tempo para entender que estava me tornando cada vez mais humano, ou seja, disperso, ansioso e imperfeito, sem prestar atenção às grandes verdades contidas nas pequenas coisas. Isso mesmo, como qualquer um, eu lera só de passagem o rodapé da senha que acabara de devolver ao sujeito do boné quadriculado.

Autor perfeccionista rasgou um manuscrito em oitocentos pedaços e atirou-os pela janela. O anjo do vento juntou seiscentos deles e os enfiou entre minhas plumas, exigindo história completa. A duras penas, montei o texto a seguir.

OBSESSÃO

Peterson: simpático, atraente às mulheres, rico, de boa formação, têmpera domável. Mas como nada é perfeito, nascera sob estrela desditosa. Sua triste sorte, para suprir expressão que os supersticiosos evitam a todo custo, culminara em raríssima cardiopatia que o levou à invalidez.

Tangendo os cinqüenta, quando o homem reúne vigor calculado e experiência de fatos e feitos, podendo ser o sonho de mulheres mal-amadas e pesadelo de maridos ciumentos, Peterson raramente saía dos confins domésticos. Comedido de movimentos, caminhava devagar e só fazia exercícios levíssimos. Excessos de qualquer natureza não lhe eram permitidos, excluindo-se o coquetel diário de medicamentos e o passeio de microcâmeras enfiadas no peito para estudos cardiológicos. A vida de Peterson se resumia em fazer e desfazer o tempo.

Ciente de que a armadura do tempo precisa de pelo menos algum estofo, Peterson lia clássicos selecionados e navegava na internet, sempre monitorado pela mulher. Também ouvia música erudita, temas escolhidos e suaves, variações tolhidas. Televisão, nem pensar! Pela manhã, passeava discretamente pelos jardins da casa. Depois, ficava aguardando o próximo horário de ingerir remédios.

Médicos recomendaram-lhe estimular processos criativos, desde que evitasse emoções e esforço. Peterson tentara, mas sua vocação era construir. Arte por arte, fora virtuoso tocador de obras. Engenheiro civil, da ponta dos dedos à medula. Tanto assim que, antes da tormenta cardiológica, se sentia realizado em canteiros de obras, regendo conjuntos de bate-estacas, gruas, serras, tornos, empilhadeiras, soldadoras, e sentindo cheiro de cimento, argamassa, cola, tinta, suor de operários, lidando com mestres-de-obras mais sabidos do que mestres.

Porém, imprevistos do cotidiano confirmariam a má estrela do meu custodiado. Tinha respeitável currículo de acidentes do trabalho: quedas em vãos de monta-cargas, queimaduras com maçaricos e pára-raios, marcas e cicatrizes no corpo deixadas por tijolos e ferramentas despencados a céu aberto.

Anita: bela mulher, ex-modelo, louríssima natural, com um pedacinho do céu nos olhos e a perdição abaixo do umbigo. Beirando os trinta e cinco. Filha única de milionários, estudara medicina graças ao preconceito familiar contra passarelas e trajes ousados. Fora pediatra uns tempos, mas se enfastiou de crianças e, principalmente, dos pais da clientela. De espírito buliçoso, acostumada com o fausto dos que nascem ricos, tanto detestava pieguices do lar quanto amava os prazeres mundanos.

Na verdade, Anita não demonstrava anseios, se é que os tinha, para dedicar-se a um mester, a uma causa ou obrigação. Projetos de trabalho e de realização pessoal que franqueassem suas emoções a terceiros não a seduziam. Apreciava a arena da frivolidade, as touradas do consumo, o ir-e-vir da moda, a varinha mágica do cartão de crédito e a inconfidência enganosa dos telefones celulares. Arisca, pescava tudo num relance: nomes próprios e impróprios em colunas sociais, conversas da mesa vizinha em restaurantes, novidades falsificadas em vitrinas ou em trajes das concorrentes – ou seja, toda mulher.

Cuidados paternos levaram-na a psicólogos durante a adolescência. Especialistas renomados resumiram: "... a moça é inteligente e não apresenta anormalidades..., testes indicaram que, pelas facilidades que tem na vida, ainda não surgiu algo que lhe desperte ardente interesse, embora... (e medicina não é matemática...), um dia, a situação possa mudar..., mas não podemos afirmar o que será, quando, e como..."

Por essas friezas do destino, Anita conheceu Peterson numa estação de inverno na Suíça. Atraíram-se, passaram dos esquis às lareiras e, logo, ao chocolate entre lençóis. Peterson, também rico, não tinha preocupações com o presente ou futuro. Trabalhava numa das empresas construtoras do pai.

Sendo o dinheiro mestre em criar atalhos ao destino, Anita e Peterson casaram-se na estação seguinte. Apesar de formarem belo casal, não conseguiram procriar. Exames rigorosos acusaram restrições genéticas em ambos. Aconselhados a tentar métodos modernos de inseminação, desaprovaram os engenhos.

O estilo de vida com temporadas em balneários famosos e ilhas paradisíacas compensou temporariamente a ausência de filhos e criou notável companheirismo entre os dois. De fato, a união ficaria definitivamente selada quando Peterson, ao subir uma escadaria, sentiu-se mal e foi internado numa clínica de urgências.

A princípio parecia caso sem importância. Depois, e infelizmente, os melhores cardiologistas diagnosticaram rara e progressiva cardiopatia.

Desde então, Anita mudou. A doença do marido revelou a si mesma outra mulher – sem anseios guardados nem desejos reprimidos. Abriu-se como uma concha tocada por cavalo-marinho no fundo do mar. Cuidar de Peterson tornou-se o seu único e real interesse no mundo. Mais que isso: explícita obsessão. Peterson passou a ter, sem nenhum exagero, dois anjos da guarda.

Mester de anjo da guarda não é fácil, ou seja, ficar de olho o tempo todo e com total exclusividade sobre alguém, sai plantão entra plantão. Se o custodiado tem gênio difícil, personalidade extravagante, paixões, repentes violentos, é ainda pior. Não era o caso de Peterson. Em contrapartida, Anita passou de obsessiva a obsessora. Anotava os movimentos de Peterson numa prancheta, media-lhes tempo, direção, freqüência, intensidade e tudo aquilo que satisfizesse o seu furor obsessivo. Gravava os silêncios, rumores e falas do marido. Acompanhava-lhe o biorritmo, ininterruptamente. Filmava-o desperto e no sono. Conhecia-lhe a epiderme de modo cartográfico.

No começo, Peterson discordou dos exageros, depois foi cedendo, aceitando e, por fim, virou objeto, brinquedo – no jargão popular. O obsesso à mercê da obsessora. Anita acompanhava-o até mesmo ao banheiro. Conhecendo-se as dimensões dos banheiros, mesmo os dos ricos, dá para imaginar o acanhamento de anjos da guarda juntos com seus custodiados nesses ambientes.

Dentre as excentricidades de Anita, sobressaía o fato de querer a todo custo assumir o papel de anjo da guarda de Peterson, atitude que provocou a deserção do seu próprio anjo da guarda (um noviço medroso). Não raro, a obsessora vestia trajes de arcanjo celeste encomendados ao costureiro da família. Espadim na cinta, dizia ao marido:

– Que seria de você sem mim, exclusiva e totalmente sua, dia e noite, mais que um anjo da guarda?

Peterson respondia, bem-humorado:

— Já teria subido aos céus, querida e, provavelmente, deixado você livre para ser anjo da guarda de alguém merecedor da sua exclusividade...

Anita replicava com expressão obsessiva:

— Isso nunca! Vou aonde quer que você vá!

*

Numa tarde preguiçosa, como acontece aos que apreciam as coisas boas do mundo sem renegar origens e hábitos, o casal fazia tal sorte de movimentos na cama que tive de verificar se os batimentos cardíacos do meu custodiado correspondiam às expectativas da medicina do céu e da terra.

Invisível, me enfiei sob os lençóis. Anita, com o sexto sentido próprio das mulheres, intuiu que o marido estava literalmente em maus lençóis. De fato, Peterson impressionou-se além da conta ao imaginar que copulava não com Anita vestida de arcanjo celeste, mas com o seu anjo da guarda de verdade.

Relâmpago emocional rasgou-lhe o peito. A boca ameaçou trovões que não explodiram, mas nuvens negras lhe vendaram os olhos. Fim glorioso para machistas, vergonhoso para anjos da guarda. Fiquei imóvel. O anjo da guarda de Anita (o desertor) viu tudo de longe. Sendo praxe dos anjos não interferir no coração de seus custodiados, fiquei à espera do *gran finale*, já que as desgraças humanas costumam invariavelmente chamar outras. É o que dizem.

Ao constatar que Peterson cruzara a ponte sem volta, Anita tentou ressuscitá-lo com descargas elétricas, fortes massagens no tórax e respiração boca-a-boca. Não conseguiu. Descontrolada, soltou um grito terrível.

Toda obsessão é demoníaca.

Possessa, arrancou da cinta o espadim de arcanjo, respirou fundo e, com uma força descomunal, enfiou-o no peito até o cabo da arma tocar os seios. Junto com o gêiser rubro, um vulto saiu-lhe do corpo vazado e foi juntar-se a Peterson no meio da travessia.

A história a seguir foi escrita a quatro mãos. Duas femininas e duas masculinas. Casá-las foi mais que penitência.

O JORNALISTA

Fabrício vinha questionando se tomara o rumo certo. Beirando os sessenta, solteirão, solitário, sem família, parentes. Nem mesmo uma doméstica para cuidar da casa. Se pudesse, gostaria de ter uma governanta que tomasse conta de tudo. Inclusive dele. Porém, jornalista modesto só podia sonhar. Enquanto isso, amigos, prazeres e oportunidades rareavam.

Saía tarde da redação. Primeira edição embaixo do braço. Na sua avaliação, individualismo ainda tinha algumas vantagens. Exemplo: havia anos se libertara da tirania das horas. Aliás, constava do anedotário do jornal que um assaltante levara seu relógio de pulso e que Fabrício não reagira, não dera parte à polícia, nem comprara outro. Apenas dissera ao bandido: "Vai pro Inferno com o relógio."

Após um dia pesado, o hábito empurrou-o para casa. Abriu a porta do apartamento, acendeu luzes, desviou o olhar da desarrumação na sala, estreitou o passo entre pilhas de jornais, entrou no quarto. Colocou os óculos na mesinha-de-cabeceira. Intimação fisiológica levou-o ao banheiro. Demorou. Talvez embarcando num cochilo.

Voltou ao quarto. Não terminou de vestir o pijama, nem apagou a luz do abajur. Mal deitou na cama, roncaria intensa vazou o ambiente, espalhou-se e ganhou, sabe-se lá, outras esferas.

Momentos depois, despertou com o ruído do próprio ronco. Ou com o desconforto do suor a empapar-lhe têmporas e pescoço. Pelas frestas dos cílios viu a luz do abajur derramando estranho colorido no quarto. Piscou os olhos modorrentos e ergueu a cabeça. Sem óculos, percebeu um vulto sentado na extremidade da cama. Perturbou-se, imaginando outro assalto.

A experiência socorreu-o. Curtido no vaivém dos fatos e no corre-corre das notícias, sabia que o absurdo de hoje pode ser banal amanhã. E vice-versa. Colocou os óculos, girou o corpo e tentou pôr os pés no chão. O calor do assoalho chamuscou-lhe a sola. Decidiu enfrentar o absurdo.

— Quem é você? Se quer dinheiro, bateu na porta errada; aliás, nem bateu...

— Desculpe se o assustei... — disse o visitante, falando de perfil. Aparentava um sujeito comum, não fosse o terno preto fora de moda.

— E daí, quem é você? Sem nenhuma cerimônia sentado na minha cama; não sou o que está pensando!

— Tenho muitos nomes: Anjo Caído, Anjo Rebelde, Belzebu, Satanás, Capeta e outros, mas pode me chamar de Diabo, fico mais à vontade — atalhou o visitante com voz estudada, mantendo o corpo longilíneo de perfil para o jornalista.

— Essa história é velhíssima! Você entra aqui, diz que é o Diabo, que quer comprar a minha alma, que vai me pagar com alguma coisa mirabolante, e...

— Os tempos mudaram! A crise anda solta, preciso de ajuda! — interrompeu o estranho, quase melancólico.

Apesar de extravagante, o visitante falava com equilíbrio. Mas, em se tratando do Diabo ou de alguém querendo passar pelo dito, Fabrício achou melhor esgrimir sua perspicácia de jornalista.

— Prove que é mesmo o Diabo!

— Não sente calor aqui dentro? — perguntou o estranho, a contragosto.

— Está um forno! — respondeu Fabrício, enxugando o suor da testa com a barra do lençol. — Mas o clima anda meio louco em toda parte, me dê uma prova convincente!

O visitante rodopiou a cabeça sem mover tronco e pescoço, fez crescer dois chifres na testa e alongou as orelhas com leve toque de mãos. Também sacudiu um rabicho que lhe saiu do traseiro. A fim de não pairar dúvida quanto à sua identidade, soprou labaredas a meio metro de distância e, ato contínuo, sugou o fogaréu deixando escapar fagulhas e crepitações pelo canto da boca.

Sendo o cumprimento de tais exigências tremendo desaforo para o Diabo, eis que o danado, em retaliação, expeliu pela parte apropriada forte cheiro de enxofre, impregnando o quarto e adjacências antes de reassumir a aparência humana.

Em face da apresentação de credenciais incontestáveis, Fabrício ensaiou pedido de desculpas, mas o cacoete jornalístico atropelou a intenção.

— Como posso ajudar o Diabo?

— Com a sua experiência. Os tempos ficaram difíceis, mesmo para um pobre Diabo! Não há mais pecadores na moita, disfarçados; a maldade é explícita, está em toda parte. A televisão e a internet vulgarizaram o pecado. Moral, ética e bons costumes só existem nos livros. A ambição do homem subverteu valores, industrializou a sacanagem, globalizou a perdição. Em suma, o inferno está superlotado!

— Você devia estar contente!

— Contente?! Ninguém faz idéia da trabalheira para arranjar expiação aos milhões de pecadores. Nem do desgaste demoníaco para adaptar velhas engrenagens de suplícios e fornalhas à nova tecnologia, à dinâmica dos cliques e à tirania do controle remoto. Além disso, atender fornecedores corruptos, molhar a mão de políticos, intermediários, lobistas, lavar dinheiro sujo, fiscalizar material falsificado, adulterar mapas e estatísticas sobre a multidão crescente que entra! Isso é infernal!

— No Inferno não há computadores?

— Pifaram! Os sistemas não acompanharam a diversificação dos pecados. Os demônios programadores andam exaustos! Uns ameaçam desertar. Outros querem mudar de departamento, de divisão, de função, de turno. A maioria só permanece no inferno por causa da onda de desemprego mundo afora. Ainda assim, muitos fugiram e estão se infiltrando nos esquadrões do narcotráfico, do terrorismo, e no sistema político de alguns países.

Fabrício já encarava o Capeta como pobre-diabo, quando se deu conta de que devia injetar dose de astúcia ao diálogo:

— O Inferno ainda precisa daquela estrutura burocrática pesada, com diretorias, departamentos, divisões, consultorias, gabinetes? Sou contra idéias neoliberais, mas vai ver é hora de mudar, terceirizar...

— Nem pensar! O Inferno executa serviços públicos essenciais para purificar o mundo, é um patrimônio cósmico inalienável desde o início dos tempos!

— Então, como posso ajudar?

— Preciso de informações.

— Que tipo de informações?

O Diabo não seria tão afamado se não pintasse mais feio o próprio drama. Primeiro, queixou-se de lapsos de memória, e disse que o provérbio "O diabo é mais diabo por velho do que por diabo" já era. Lamentou que os novos condenados ao fogo eterno contrabandeassem mazelas desconhecidas e contagiassem os jovens capetas.

Depois, com lábia diabólica, chegou ao xis da questão. Contou que o conselho superior dos demônios incumbira-o de salvar o Inferno da avalanche de pecadores. Revelou que, infelizmente, nos últimos tempos, costumava cochilar durante as reuniões do conselho e chegava a roncar durante a leitura de atas. Assim, justamente no debate sobre estratégias para a salvação do Inferno, perdera valiosas informações, ao cochilar enquanto se apoiava num tridente.

Depois de ouvir a parafernália de resmungos, Fabrício perguntou:

— Que fez da sua astúcia de velho Diabo?

— Só deu para ouvir o final da ata. Os conselheiros decidiram me enviar ao mundo terreno com a missão de aniquilar os dois culpados pela superlotação do Inferno.

— Dois culpados? Fizeram pesquisa?

— Claro! A infalível pesquisa de "boca-do-inferno" que, aliás, vocês imitam em época de eleições com a tal boca-de-urna — respondeu o Diabo, com escárnio. E continuou: — Metade dos entrevistados alegou ter ido para o Inferno por causa do "Sistema", e a outra metade culpou um tal de "Mercado". Preciso de informações sobre essa raça!

Fabrício meneou a cabeça ou fez um trejeito, nem o Diabo soube ao certo. Na falta de melhor expressão, disparou:

— Você entrou numa fria!

— Mas não vai me ajudar?

— Não posso — respondeu seco o jornalista.

— Como não pode?! Se me der as dicas de como liquidar a dupla "Sistema" e "Mercado", faço qualquer coisa por você, dou-lhe tudo o que precisa – acrescentou o Diabo com voz melíflua.

– Minha alma não está à venda, nem preciso de nada; estou satisfeito comigo mesmo e com o que faço! – afirmou o jornalista, corajosamente. – Aqui, quem precisa de alguma coisa é você! E vou adiantando, não pense que o dueto "Sistema" e "Mercado" é festivo como dupla sertaneja! Mesmo para o Diabo, sua missão é difícil, talvez impossível! – E continuou: – O "Sistema" é todo-poderoso, intocável, está acima do Bem e do Mal, tem sete vidas vezes sete, mil couraças, filtros, teias, espiões por toda parte, às direitas, no centro, às esquerdas, faz mutretas, tece articulações político-partidárias nacionais e urde grandes jogadas internacionais. E impõe, faz e desfaz regras, sempre a seu favor. Quem se rebela contra o "Sistema" é engolido por ele ou a mando dele! Lamento, mas você cochilou na hora errada e se ferrou!

O Diabo, pela primeira vez, se exaltou. Enrubesceu e soltou baforadas roxinhas de raiva. Percebendo o excesso, tratou de engolir o fogaréu. Recompondo-se, insistiu:

– Mas, e o "Mercado", talvez eu possa dar-lhe umas porradas, digo cornadas!

Fabrício ponderou que o tal de "Mercado" era imponderável, sem nome de família, identidade, profissão, cor, nacionalidade, idade, sexo, filiação, senha, estado civil, passaporte, escolaridade, alvará, residência fixa, e não tinha sítio na internet, email nem mesmo um blog. Explicou que o "Mercado" era tremendamente complexo e, além do mais, garantido pelo "Sistema" com o qual mantinha conspícua ligação.

Porém:

– Minha experiência diabólica diz que onde há ligações, há fraquezas. Se não posso acabar com eles, vou atazaná-los durante um bom período; enquanto isso, os demônios convictos terão tempo para reorganizar a estrutura, os sistemas e a parafernália do Inferno.

— Bem, você pode atazanar os dois, mas será por um tempo curto, pois logo eles vão reagir. A dica é atacar primeiro o "Mercado", que tem pontos fracos e é sensível a corrente de ar, vírus de computador, boatos, enchentes, manchetes de jornais, licitações públicas, escutas telefônicas, prêmio de loteria acumulado, horóscopo, camelôs, discurso ou silêncio de autoridades, esquema de privatizações e...

Ouviu-se um estalo. Não deu para saber se o Diabo materializou uma inspiração ou se rangeu os dentes ou abanou o rabicho ou se...

Arisco, pôs-se de pé, agradeceu as informações e perguntou a Fabrício quais eram as suas maiores carências, porém, o jornalista respondeu que só queria dormir em paz. O visitante rodopiou a cabeça, ajeitou o terno fora de moda e despediu-se com uma crepitação no canto da boca. Mal se precipitou pela janela, a temperatura do quarto caiu. Fabrício enfiou-se nos lençóis e voltou a roncar.

No dia seguinte, o trabalho na redação foi infernal. Desde cedo, circularam boatos de que o fim do mundo ocorreria em uma semana. Qualquer notícia corriqueira assumia proporções catastróficas: a queda de um barranco virava terremoto, o furto de uma sacola de supermercado ganhava status de assalto a banco, coisas assim.

Para acentuar o medo, inexplicável vírus em forma de tridente penetrou tudo quanto era tipo de computador e se fincou como única ferramenta para acessar a internet. E não faltaram especulações nas Bolsas, nos bolsos e até nos nichos religiosos, pois vazou secretíssima informação: Deus ia reavaliar os pecados ativos e passivos!

Então, o "Mercado" desabou. Conforme o jornalista previra, logo o "Sistema" reagiu. Medidas provisórias e extraordinárias proliferaram, autoridades do mundo financeiro baixaram taxas de juros, e os fundos chamados soberanos regados a petróleo contiveram o maremoto nas bolsas. Restava esperar uma semana.

Enquanto isso, formaram-se intermináveis romarias aos templos de todas as religiões. Só assim a humanidade conseguira se envolver numa corrente virtuosa. Pelo sim, pelo não, pecadores do mundo inteiro começaram a se arrepender, pois precisavam viver a última semana em castidade. E, assim, trilhões de pecados foram protelados.

Fabrício, no corre-corre do expediente fora do comum, nem teve tempo de pensar na noite anterior. Como sempre, saiu tarde da redação. Ao abrir a porta do apartamento, espantou-se. Tudo limpo e arrumado. A mesa de jantar preparada para duas pessoas. Temia o retorno do Diabo, quando reparou na criatura do sofá.

— Boa-noite, Fabrício! — E uma linda mulher estendeu-lhe a mão perfumada.

— Quem é você, e o que faz na minha casa?

— Sou Annabela, a governanta contratada por seu amigo, o Anjo Caído, foi assim que ele se apresentou na consultoria onde trabalho...

— Não posso pagar nem faxineira!

— Seu amigo pagou tudo adiantado, montante graúdo, renovável e vitalício! Você vai gostar. No gênero, somos a melhor consultoria do mercado. Aquelas pilhas de jornais velhos espalhados pelo apartamento já foram para o lixo. Veja só, está tudo pronto: banheira, roupão, chinelos, música ambiental, jantar, cama arrumada, camisinhas... Se amanhã você chegar num horário conveniente, quem sabe, terá uns drinques antes do jantar!

— Horário?! Não tenho nem relógio!

— Tem sim, o seu amigo me pediu para entregar-lhe este aqui, é antigo... dei-lhe corda, e está trabalhando, só achei que tem uma quentura estranha nele.

— Diabos! É o meu relógio roubado faz trinta anos!

— Seu amigo também mandou um recado.

— Que recado?

— ... disse que, como você não quis vender a sua alma, ele teve de negociar algumas coisas com o "Sistema".

— O quê?! Com o "Sistema"?! Diabo traidor!

— Não se aborreça, ele também mandou dizer que o "Sistema" adorou as suas idéias e já começou a privatizar o Inferno!

O final da história a seguir foi escrito por famoso irlandês. Envolvido com outros livros, nunca teve tempo de iniciá-la. Ocupei-me da metade faltante.

CLÍNICA PARA NORMAIS

Num domingo estival, ao acompanhar o Sr. Woodstock na leitura matutina do *Tribune,* peguei-o rastreando a seção de cartas dos leitores. Sendo meu ofício guardar e prevenir, observei que ele demonstrara interesse desmedido numa carta abordando certa "Clínica para Normais", situada em Bentley Street, número tal. Anotou os dados na agenda de bolso, e ficou elaborando conjeturas que parecia sugar do fornilho do cachimbo, para depois soltá-las como argolas de fumo.

O Sr. Woodstock era um solteirão bem conservado, discreto, nobre de espírito, rico e elegante. Saía pouco, falava o mínimo, dormia o necessário. Investidor bem-sucedido da fortuna que herdara, desfrutava ainda de saúde invejável, apesar de haver saltado a barreira dos setenta. Não tinha amigos. Inimigos, tampouco. Parecia satisfeito com o que fazia e com o que não queria fazer.

Mas, neste mundo de ilusões renovadas, ninguém escapa da maledicência. Tanto assim que, na leviandade do cotidiano, sólidas reputações podem ser maceradas. Meu protegido sabia disso. Chegavam aos seus ouvidos sopros capciosos de respeitáveis vizinhos ou até da criadagem da mansão, pois, no mundo globalizado, pitadas de malícia e provas de especiaria não se restringem ao paladar das elites. Em contrapartida, não tendo parentes consangüíneos nem afins, o Sr. Woodstock desconhecia sabores e dissabores do seio familiar.

Mas não era pouco, por exemplo, o que especulavam sobre as preferências sexuais do Sr. Woodstock. Diziam que as atribuições do mordomo da mansão, um indiano com ar misterioso, excediam as fronteiras do ofício. E que, não obstante haver cinco barbeiros no condado, o rico senhor preferia ser atendido semanalmente por profissional de um lugarejo vizinho. Até aí nada demais, porém, a maledicência especulava que o tal barbeiro pernoitava na mansão em aposento reservado aos hóspedes ilustres, e não nas dependências destinadas à criadagem.

Murmuravam ainda sobre os motivos que levariam meu protegido a demorar-se com as mãos no regaço da manicure durante as tardes de quinta-feira. Nem a governanta da casa, uma chinesa de lábios silentes para o que não era da sua conta, e de olhos semicerrados para o que convinha enxergar, ficava imune às ferroadas do disse-que-disse. Sopravam matinalmente que a oriental guardava algum segredo, pois tinha o privilégio exclusivo de limpar, todas as noites, o cachimbo do patrão.

Verdade que, ao caminhar entre alamedas dos jardins adjacentes, o nobre cavalheiro pendia a cabeça ligeiramente para um ou outro lado, como se quisesse ouvir os bisbilhos dos insetos, ou o despertar das florações. Porém, seu interesse pelas vozes da natureza era mal interpretado, de modo que burburinhos saltavam os muros da mansão, tachando-o de excêntrico, estrambótico ou esotérico.

Voltando ao *Tribune,* não soube de pronto quais motivos levaram o Sr. Woodstock ao repentino interesse pela "Clínica para Normais". Mesmo admitindo que o prurido da curiosidade humana é irremediável, não imaginei que simples carta de leitor alterasse o comportamento de tão nobre cavalheiro. De fato, tão logo terminou a leitura do jornal, ordenou ao mordomo não ser incomodado nas próximas horas, suspendeu o almoço, cancelou o chá, instruiu sobre a frugalidade do jantar e acrescentou que só sairia dos seus aposentos à noitinha.

Quando a noite começou a embaçar as vidraças das janelas, a rotina traçada pela manhã em nada se afastara do recomendado. Após o jantar, a governanta apagou as luzes da casa no horário habitual, e todos se recolheram aos costumes.

Na manhã seguinte, o Sr. Woodstock despertou cedo. Emprestou ao cenho ar de expectativa e sopros de celeridade aos movimentos. Depois do café, deu ordens ao mordomo para dispensar o chofer durante todo o dia. Surpreendentemente mandou chamar um táxi. E rumou em direção à clínica.

A distância custou-lhe vinte e oito libras, três quartos de hora e meia dose de impaciência. Chegando ao lugar, ficou observando exteriores da construção. Era uma casa de estilo normando, em centro de terreno, grandes janelas, telhado com declive acentuado, duas chaminés, paredes externas chegadas ao bege, enquanto o madeirame visível, dependendo da luz, oscilava entre o bordô e o escarlate. A casa parecia residência de pessoa abastada. Estranha tabuleta no jardim despertava curiosidade: "Clínica para Normais". Convém registrar que, coincidência ou não, as residências vizinhas aparentavam desocupadas.

Para chegar à porta da clínica, o Sr. Woodstock precisou ultrapassar pesado portão. Martelo e sineta de bronze reagiram ao anunciar o visitante. Em vez do lógico retinir, as peças extraíram sons de violoncelo. Uma senhora em uniforme de enfermeira saiu da casa, atravessou o canteiro de rosas azuis, e veio atender. Corpo de matrona, rosto adolescente, crachá com o número um.

Após colóquio de praxe, a senhora número um abriu ferrolhos que soaram feito oboés. No vestíbulo, uma senhora com o crachá número dois o aguardava. Corpo de adolescente, rosto de matrona. Recebeu-o, e passaram a uma saleta de recepção onde outra senhora uniformizada, de crachá número três, trabalhava num computador. Enquanto o teclado conectado ao aparelho emitia sons de flautim, o *mouse* desmanchava-se em miados. A senhora de crachá número três tinha corpo e rosto de adolescente, cabelos brancos e voz senil. Deu boas-vindas ao cavalheiro, fez perguntas reais e arquivou as respostas em pastas virtuais.

Numa confortável sala de espera, o Sr. Woodstock permaneceu minutos observando o ambiente. Sobressaíam dois sofás de couro de crocodilo e uma poltrona escavada em bloco de mármore de Carrara. Mesa de centro com base trapezoidal e tampo de vidro triangular serviam de passatempo, pois qualquer um era tentado a buscar inutilmente encaixes no conjunto. Uma enfermeira anciã, estampando crachá número quatro, chegou lépida sobre um patinete. Abriu sorriso no rosto infantil. Dentes visivelmente na primeira dentição. Palmtop ligado, foi sucinta:

— Isto é só uma pesquisa, Sr. Woodstock, responda por favor: quais são os três tesouros da vida e cujas inicias formam a palavra-chave que define o mundo?

— Mãe, Arte, Determinação, isto é, *Mad*.

— Muito bem! Agora, confirme o seu nome completo.

— Richard Woodstock III.

— Como soube da clínica?

— Através de uma carta de leitor no *Tribune*.

— Qual o motivo para procurar a clínica?

— Motivos particulares.

— Julga-se normal?

— Sim.

— Está disposto a fazer donativo de cinco dígitos exclusivamente em euros?

— Claro.

— Bem, pesquisa terminada. Antes de passar ao consultório, o senhor vai conversar com o nosso advogado na saleta aqui ao lado. Nosso contrato prevê isenções e responsabilidades das partes.

— Está bem.

— A clínica tem só dez suítes e, no momento, estão ocupadas... A fila de espera é de três anos, sendo raríssimos casos de desistência. Está disposto a aguardar, ou prefere prescrição imediata para cuidar-se em casa? Estou só adiantando o assunto, vai depender do seu caso, do que disser ao médico.

— Prefiro prescrição imediata.

— Muito bem, Sr. Woodstock, acompanhe-me à sala do advogado.

As formalidades legais foram preenchidas em letras, tintas, cores e vias, tantas e quantas. O advogado usava tapa-olho, lenço estampado na cabeça e gancho numa das mãos. O Sr. Woodstock não se melindrou. Saiu dali, atravessou o corredor, acompanhado de várias enfermeiras absolutamente idênticas à senhora de crachá número quatro. Inclusive quanto ao número do crachá. Na porta do consultório, tabuleta indicativa: Dr. Alfred Blendson. As enfermeiras despediram-se. Um homem com jaleco branco, crachá e barba azuis, óculos cinzentos visivelmente sem lentes, recebeu-o.

— Como vai, Sr. Woodstock? Li seu histórico na internet. Conheço-o desde a gestação de sua falecida mãe. Sente-se, por favor, e seja objetivo.

— Queria prescrição para tratamento domiciliar.

— Confirme quando fez seu último *check-up*.

— Há três meses.

— Estava tudo normal? Sua palavra dispensa exames e atestados, lógico, estamos na Inglaterra.

— Estava tudo normal.

— Muito bem, pois saiba que nossos sistemas de inoculação só funcionam em pessoas absolutamente sadias. Óbvio que é para evitar complicações. Que tipo de enfermidade gostaria de adquirir, orgânica ou inorgânica, ou seja, doença do corpo ou da alma?

— Isso não estava especificado no contrato.

— Contratos jurídicos parecem menos abrangentes do que supomos. Vamos à parte médica, que é mais específica. Vou fazer-lhe um *brief* sobre casos de doenças orgânicas. Ouça com atenção para decidir com segurança — disse o médico, retirando e colocando os óculos sem lentes.

E explicou que, com o desenvolvimento da tecnologia aplicada às ciências médicas e à bioquímica, a maioria das doenças desaparecera nos chamados países do Primeiro Mundo. Por isso, era crescente o número de pessoas — entediadas com a vida sempre saudável — que procuravam a "Clínica para Normais" em busca de resfriados, ou alergia, gastrite, enxaqueca, azia, dor de cabeça, terçol, cravos, espinhas — males desaparecidos de certos quadrantes. E também que muitas pessoas queriam se sentir naturais, humanas, e não robôs, clones, pós-humanas, indestrutíveis. Ponderou que tais casos eram simples de resolver. Porém, explicou ainda que havia casos de criaturas exigentes que preferiam sofrer males traiçoeiros, tipo úlcera duodenal, pancreatite, hepatite, cardiopatia, erisipela, serpiginose, miastenia grave e outros.

Também mencionou casos excêntricos de pessoas desejosas de contrair doenças tropicais, tipo malária, febre amarela, ou dengue, mas sem sair da redoma do Primeiro Mundo. Sim, frisou bem que havia casos de pessoas supersaudáveis mas desejosas de contrair febrões por vias naturais, o que implicava inoculação *in natura* diretamente de anofelídeos infectados. Em tais casos, a clínica importava mosquitos transmissores comprovadamente infectados, condição que obviamente encarecia o atendimento. Tais pacientes eram isolados em câmaras especiais para evitar transtornos.

Também falou de masoquistas ansiosos por doenças incuráveis, dores terríveis, longos períodos em fase terminal, bem como de clientes extremistas que preferiam ataques fulminantes, mas esses últimos eram raros, e em geral contornados com outra solução, pois a ética médica impedia procedimentos de eutanásia ativa.

O Dr. Blendson garantiu que a "Clínica para Normais" atuava rigorosamente nos termos da lei e oferecia comodidades de primeiro mundo aos seus pacientes. Além disso, os clientes não precisavam sair da Inglaterra e enfrentar horas de vôo para chegar aos países onde a maioria das doenças permanece *in natura*.

O Sr. Woodstock não se conteve:

— Desculpe, mas é que tenho interesse em doenças inorgânicas ou, como o senhor disse, doenças da alma.

— Vou explicar-lhe. A inoculação dessas doenças é personalizada. Doenças da alma demoram para se instalar e têm maiores custos. Há pessoas que preferem neuroses passageiras, outras querem neuroses duradouras para enfrentar o chefe do escritório, o casamento, o pai tirânico, a mãe superprotetora, o marido ciumento, o vizinho desaforado... Outras, ainda, preferem fobias, ansiedade, histeria, compulsão sexual, síndrome de pânico, processos maníacos, processos depressivos, esquizofrenia desse ou daquele tipo etc. Depende do gosto. – E retirou os óculos sem lentes para, em seguida, colocá-los de novo.

– Doutor, se o cliente desistir da inoculação, há possibilidade de reversão?

– Nem sempre. O cliente deve estar seguro da doença que quer para evitar complicações legais. Em casos de inoculação para adquirir doença grave ou fatal, clonamos antecipadamente o cliente ainda são, para o caso de haver imprevistos, pois medicina não é matemática...

– Sei.

– Mas que tipo de enfermidade gostaria de contrair?

– Bem, o caso é que minha vida é tediosa. Tudo flui no meu entorno e dentro de mim com enorme precisão. Não tenho preocupações, angústia, ansiedade, medos, ambição, desejos. Somente à noite, quando me deito, preciso de...

Então, o Sr. Woodstock baixou a voz e confidenciou ao Dr. Blendson as razões que o levaram à clínica. O médico ouviu-o atentamente, fez várias anotações, e depois pegou um receituário com o timbre da clínica em furta-cor.

– Não se preocupe, temos um procedimento infalível. Vou preparar sua prescrição.

– Por favor, doutor, com todos os pormenores.

Depois de dez lentíssimos minutos – para um anjo da guarda todo-poderoso – a consulta continuou assim:

– Prezado Sr. Woodstock, esta é uma receita especial e infalível para provocar neurose branda, porém, progressiva. Não há necessidade de clonar o senhor. Mas terá de seguir à risca minha orientação durante um semestre menos um dia. Paralelamente, nada de livros, jornais, teatro, cinema, música erudita. Coma, beba e fale o dobro do que precisa com a sua criadagem e com os seus vizinhos. Suspenda o uísque, o vinho, o licor, o cachimbo, as caminhadas pelos jardins, não faça visitas de cortesia, tome chá de duas em duas horas e assista, no mínimo, oito horas seguidas de TV diariamente. Para acelerar o tratamento, espalhe televisores pelos diversos recintos da casa, inclusive no banheiro. Se a dose causar transtorno clínico, reduza a posologia para dias alternados, mas não desista!

— Doutor, mas o que farei com a maledicência?

Então, o médico, consultando suas anotações e com total transparência na fala e no olhar, foi taxativo:

— Revolucione os costumes! À noite, passe a dormir só com o seu anjo da guarda, ou seja, dispense a companhia da governanta chinesa, do chofer, do barbeiro do condado distante, da jovem manicure e do mordomo indiano, e bloqueie mentalmente o antídoto natural contra qualquer tipo de neurose — estou me referindo ao orgasmo, bem entendido?

— Entendi, doutor, mas como termina o tratamento?

— Bem, isso é o mais importante! Faça o seguinte: acompanhe a evolução do seu quadro emocional todas as manhãs, anote os sonhos que tenha tido durante a noite, e avalie, sem pressa, o estágio maledicente da sua língua em frente ao espelho antes de barbear-se.

— Mas, e aí, doutor, como termina o tratamento?

— Vou chegar lá. Se sentir a língua incontrolável contra tudo e contra todos, mesmo com os televisores da casa desligados, o procedimento terá surtido efeito. Tão logo tenha certeza de que a neurose se instalou, volte aqui para receber alta.

*A história a seguir
ainda está acontecendo.*

ANJOS EXTERMINADORES

Quinta-feira, meio-dia

C.P.F., menor, vulgo "Papelote", sem anjo da guarda, desceu do morro, pegou a primeira rua, virou na segunda, cruzou a avenida, passo ligeiro, faro de rapina. Dobrou à direita, andou três quarteirões, virou à esquerda, lado da sombra, mais dois quarteirões. Pulsar de hiena. Cruzou o vão sob o viaduto, atravessou fora da faixa. Olhar de rapina. Dois meninos do seu tope. Perseguiu-os, emparelhou, atacou feito fera, trabuco sob a camisa. A boca da arma ameaçando estardalhaço. As vítimas esboçaram reação, e como violência urbana tem processo sumário, um gesto dos meninos foi motivo para "bam-bam"... "Papelote", desprezível, aproximou-se dos dois se esvaindo no meio-fio. Arrancou o cordão de ouro que um deles trazia no pescoço. Sorte minha, o fecho se abriu, e o cordão não rebentou com o safanão! Porém, eu, que vivia tranqüilo, incrustado na medalha do cordão, fui rapinado, fiquei na mão, acabei num bolso mais sujo do que... "Papelote" correu, correu, dobrou, direita, esquerda, correu, correu, subiu a escadaria do morro, subiu, saltou vala, pulou muro, mureta, atalhou daqui, dobrou dali, pulou barranco, bicicleta, macumba, chutou cachorro, lata de lixo, vazou birosca, barraco, derrubou porta, pulou janela, cerca, cercado, e correu, correu até que...

Quinta-feira, meio-dia e meia
I.N.S.S., menor, vulgo "Tira-gosto", já sem anjo da guarda, fechou o caminho com um trabuco do tamanho de... "Valha-me, Deus"... Que azar!, "Papelote" lhe devia uma merreca, em cima da bucha cobrada. Daí me tirou do bolso e fiquei na mão outra vez, cara pro céu. Começaram a discutir. Um disse que era muito, o outro que era pouco, de modo que o pagamento da dívida não foi ajustado, e como no mundo marginal tudo tem processo sumário, de repente... "bam-bam", e "Papelote", que pensava ir em frente, foi pra trás. Caiu mole feito reboco de barraco na enxurrada. Mão aberta, cordão nos dedos. "Tira-gosto" pegou o cordão, pulou a poça vermelha, mal olhou a minha cara, fez tique nervoso, guardou... "Valha-me, Deus"... e correu morro abaixo, saltou vala, valeta, pulou muro, mureta, macumba, despacho, farofa, vela de sete dias, garrafa de cachaça, cachorro, gato preto, pinto no lixo, gaiola de curió, pardal esfomeado, arco de barril, virou ali, acolá, subiu, desceu, atalhou, e correu, correu, correu, chegou ao pé do morro, num desvio outrora ponto de bicheiros, ruela sem nome, beira do asfalto, território livre com caixotes vazios, dava pra sentar, respirar, descansar, examinar o cordão, fazer o preço e...

Quinta-feira, duas horas da tarde
Território livre uma conversa!, em cima do muro estava lá, sim senhor, P.M.D.B, menor, vulgo "Safadeza", já sem anjo da guarda. Gritou do alto "Pera lá!", cobrou pedágio, e mostrou um trabuco do tamanho de... "Deus me livre". "Tira-gosto" vacilou, botou a boca no trombone, não colou; "Safadeza" não refrescava ninguém. Lá de cima, puxou o preço, e o outro miou feito gata prenha... Preço feito, desfeito, discutido, refeito, nada feito, e como a justiça das ruas tem processo sumário,

"Safadeza" abriu fogo com… "Deus me livre", e "bam-bam"… Lá fiquei outra vez na mão, "Tira-gosto" engasgou, falta de ar, saiu do ar, gêiser encarnado no peito. "Safadeza" saltou do muro, pegou o cordão, cuspiu no outro, pulou a poça, falou "perdeu", se benzeu, guardou… "Deus me livre"… e correu o restinho da ruela, enviesou ali, aqui, atalhou daqui, dacolá, se aquietou no pé do morro, pregado no poste que nem… que nem resultado do jogo do bicho que todo mundo sabe é proibido, ajeitou o espinhaço, falou no celular, e ficou esperando, esperando, esperando…

Quinta-feira, quatro horas da tarde
I.P.C.A., menor, vulgo "Mentirinha", já sem anjo da guarda, parceiro de fé, finalmente chegou, desconfiado, e falou "Oi" pra "Safadeza", que respondeu "Oi". Olha daqui, olha dali, vem alguém, não vem ninguém, tudo limpo, começaram a negociar. Preço pra cima, preço pra baixo, não teve acordo, e como no mundo do crime a burocracia é sumária, os dois trocaram credenciais, mostrando cada um seu… "Deus me livre". Num instante saiu o acordo. Falaram no celular. Saíram juntos, oito quadras no asfalto, dobraram, direita, esquerda. Gente curiosa se distraía olhando os corpos dos meninos rapinados, pela manhã, embaixo do viaduto. Daí os dois valentões disfarçaram, abaixaram as asas, enviesaram, caminharam, caminharam, até chegar à casa da vila. "Toc-toc-toc".. "Toc-toc-toc"…

Quinta-feira, sete horas da noite
"Cesta Básica", magricela, sem anjo da guarda, uniforme de policial, não fosse a cabeça descoberta e o nome de guerra "SILVA" descosido no bolso, podia ir direto pro serviço, palácio, semáforo, favela, repartição, quartel, banco (que tentação!)…

Espiou no olho mágico, abriu a porta. Fechado o trinco, ficaram os três na sala negociando em volta da mesinha de centro. Duas dúzias de cordões saíram dos bolsos dos menores. Foi quando vi que estava bem acompanhado com São Jorge, São José, Santo Antônio, Nossa Senhora Aparecida, São João, Santa Bárbara, São Bento, São Benedito, Coração de Maria, Nossa Senhora da Penha, São Sebastião, São Januário, Nossa Senhora da Glória, São Clemente, todo mundo pendurado nos cordões... E, como em questões da vida real, leis de oferta e procura regulam de modo sumário... Preço pra cima, preço pra baixo, preço pra cá, preço pra lá, logo pintou acordo: "Cesta Básica", em troca dos cordões, concedeu aos dois menores três meses de liberdade para agir na região. Só não podiam roubar córneas humanas, fígado, rins, medula... que era negócio de outro pessoal...

Quinta-feira, sete e meia da noite

... espetou um percevejo na folhinha de mulher pelada atrás da porta, marcando o prazo regalado aos menores... Mal saíram os pequenos bandidos, "Cesta Básica" remexeu um canto da casa: doze bolsas de mulher recheadas de pó, trinta e dois relógios de pulso, cem tíquetes-refeição, sete celulares, três rádios de carro, cinco pulseiras de prata, oito pulseiras de ouro branco, quatorze de ouro amarelo, vinte e cinco cartões de crédito, nove carteiras de identidade, vinte e quatro carteiras de trabalho, quinze licenças de motorista..., setenta talões de cheques... "Valha-me, Deus", cinco... "Deus me livre"... Que farra! Ah!... achou... um alicate de joalheiro, apertou o fecho do cordão, chamou a mulher "Zelda, vem cá", e me ajeitou bem no meio da corrente, colocando o adorno no pescoço da mulata. Beijo pra cá, beijo pra lá, "Cesta-Básica" foi pro serviço, e eu acabei lambuzado de batom. Zelda foi bater perna...

Quinta-feira, dez horas da noite

Zelda esperou o sinal vermelho pra atravessar na faixa de pedestre... Não ouviu o meu aviso: faixa de pedestre é terreno minado! Nem lembrou que sinal vermelho àquela hora é a cor do Capeta, de repente... um barulhão..., e Zelda voou feito folha no vento, passou por cima do carro, da lixeira, foi parar do outro lado da calçada, no buquê de orelhões que preferem não escutar nada. O carro amassado disparou (chega de Inferno!), Zelda ficou fria, estatelada, no mundo das ruas que não tem solidariedade, lei, decreto, regulamento, código, medida provisória, Constituição, convenção de condomínio; só tem arbítrio da vez... e "Deus me livre"... e "Valha-me, Deus"... e julgamentos sumários. Alguém no celular chamou a ambulância, que demorou, demorou, mas veio, chegou tarde, foi embora, defunto de rua tem burocracia à beça, é caso de polícia, perícia, rabecão, bombeiro, depende de papel, croqui, testemunha, inspeção, termo, fotos, declaração, lavratura, carimbo, assinatura...

Quinta-feira, onze horas da noite

Que sorte da finada Zelda!, passou por lá a perícia que acabara de analisar a ocorrência dos meninos despachados pela manhã perto do viaduto..., daí os peritos mediram, fotografaram, desenharam... e ela saiu nas fotos de tudo quanto é jeito... Saiu de casa feito gente, virou presunto, e amanhã vai ser notícia. A perícia chamou o rabecão que juntou Zelda aos meninos, e o trio apagado foi direto pra geladeira legal, no horário e prateleira da vez... Mas nada disso tinha importância pra mim, já que...

Sexta-feira, quatro horas da madrugada

Fiquei na mão outra vez, pois quando Zelda caiu no buquê de orelhões, passou por lá "S.M.", menor, franzino, vulgo "Salário-Mínimo", sem anjo da guarda. Pegou o cordão da falecida, na maior calma, sorte a minha, sem rebentar o fecho, e correu, correu, correu, virou pra cá, pra lá, chutou gato, cachorro, pulou poça, bueiro, barril, até chegar ao "Marquisão" onde dormia com mais oito, nove, dez, doze, vinte companheiros de rua. Mas "S.M" nem dormiu... Encapuzados saltaram das viaturas, decididos, e como no mundo das ruas, tendo ou não tendo julgamento, rituais são sumários... "bam-bam" apareceu oitocentos e vinte e sete vezes..., e, assim, quem estava acordado, quem estava pensando, quem estava dormindo, quem estava gozando... Não deu tempo pra nada. Todo mundo apagou de vez, mas sempre tem um que escapa..., só vai morrer logo depois, a qualquer hora, qualquer dia...

Sexta-feira, oito horas da manhã

Já clareou, a notícia está dando no rádio, boca a boca, televisão, internet... Lá fiquei na mão outra vez, com São Jorge, Santo Antônio, São Sebastião, São Bento, Cristo Redentor, Nossa Senhora Aparecida, Nossa Senhora de Nazaré, Nossa Senhora da Penha, São Cristóvão... Passei de mão em mão, mudei de dono, de bolso, de bolsa, de saco, de carro, de boteco, de morro...

Sexta-feira, dez horas da manhã

Estou meio tonto, levei puxão, coronhada, cuspidela, porrada, safanão, rabo-de-arraia... Amanheci aqui, na fila de penhores, vulgo "prego", bem acompanhado dos santos de praxe. Todo mundo na fila tem cara de precisão e... S.P.C., menor (com carteira de maior), vulgo "Honestidade", me carrega num saco de papel, recebe protocolo, senta um pouco, espera a vez, é atendido, e como tudo no mundo das baixas necessidades tem processo sumário, dão pelas jóias merreca e meia, mas, pelo menos, vou ter ar condicionado, dormir em lugar sossegado, no meio de santos e anjos da guarda, gaveta de casa-forte, bem longe de… "Deus-me livre"…, de "Valha-me, Deus"…

Sábado, uma hora da madrugada
E não é que estão cortando linhas telefônicas, alarmes!? É quadrilha de dezenove, vinte, trinta, fora os da cobertura com… "Deus me livre"… e "Valha-me, Deus"… e trazem brocas elétricas, furador, maçarico, motosserras, trator, empilhadeira, gerador. Quadrilha de gente grande, com sacolas de viagem, e já despacharam os seguranças… Dá pra escutar a conversa…, estão dizendo que… vão pegar as jóias, e toda peça de ouro vai ser derretida, levada pro Paraguai… Estão furando a parede… Pronto, minha cabeça dói pra burro, tem broca furando tudo, maçarico perfurando cofre, gaveta e… Pronto!

Sábado, quatro horas da madrugada
Lá fiquei na mão outra vez! Estão enrolando todo mundo em jornal velho, democracia é assim mesmo, todo mundo tratado igual, São Jorge, Santo Antônio, Jesus Cristo, Anjo da Guarda, Nossa Senhora, São José, São Cristóvão, Cristo Redentor, Cosme e Damião, Santo Antônio, Senhor do Bonfim, Santa Bárbara…

Domingo, meio-dia
Até chegar ao Paraguai, muita propina vai rolar, tem muito chão, estrada, buraco, pedágio, radar, sindicato, delegacia,

instituto, imposto, taxa, reunião, tribunal, ministério, ponto de bicho, pagode, flanelinha, narcotraficante, prefeito, deputado, senador, juiz, coronel, sem-terra, posseiro, droga! Nem terminei meu raciocínio! Bem, que eu sabia: passar nessa rua aqui só pagando pedágio! Já começou a discussão, mas como tudo no mundo real tem julgamento sumário, já sei que, de repente, vão estourar dois mil e dez "bam-bams"... e rola daqui, rola dali, sacola pra cá, sacola pra lá... vou ficar outra vez na mão, junto com o Senhor do Bonfim, São Raimundo, Santo Antônio, Santa Bárbara, Cristo Redentor, Cosme e Damião, São Cristóvão, Nossa Senhora da Penha, do Outeiro da Glória, São Januário; meu Deus, onde é que nós estamos?"

Ao exumar sepulturas no sertão, achei o texto a seguir preservado numa caixa de madeira junto aos ossos da falecida.

TALHAS E RAÍZES

Nos tempos do avô, quase tudo tinha raiz. As pessoas tinham raiz do cabelo, raiz da unha, raiz do dente, raiz do pêlo, raiz do tumor, raiz do medo. No quintal havia raiz da planta, raiz da árvore, raiz amarga, raiz-forte, raiz doce. Na boca do mato cresciam raiz-de-frade, raiz-de-cobra, raiz-do-sol, raiz-de-laranja.

Na sala de aula os radicais da raiz quadrada infestavam o quadro-negro durante o ano todo, mas nas provas finais mandavam extrair a raiz cúbica.

Dores de barriga acabavam num intragável chá de raízes. Contra a tosse, se xaropes não resolviam, a raiz-da-serra estava lá, de prontidão, com ar puro permanente. Intolerável, isso sim, era a monocórdia discussão dos adultos por bens de raiz.

Nos sermões de domingo, o padre Gabriel apontava o pecado como a raiz do sofrimento humano. Frisava a precariedade da nossa passagem terrena, a obsessão com raízes vãs, enquanto exaltava as delícias da vida eterna entre os anjos no céu. Mas só para os que merecessem. No entanto, exceto meu avô, ninguém reparava que o religioso começava a beber o vinho da missa no sábado, véspera da cerimônia.

Raízes daqui, raízes dali, meu ancestral além de reconhecido doutor-de-raiz, gozava fama de autoritário, astuto e decidido. De vez em vez, largava o vozeirão sobre caminheiros que arriscavam um olho comprido na fazenda a perder de vista. A cena desfazia o isolamento da casa-grande, pois quase uma légua se espichava entre a porteira do vizinho e a sua fazenda.

Nos anos pares, a chuva abria um olho-d'água na cara engelhada do caminho. Nos anos ímpares, o sol fendia a terra até que ela chupasse o olho-d'água metido a besta. E a quentura era tanta que caminhadas no sol a pino lascavam o couro, esquentavam o juízo e humilhavam o chapéu. Tanto era assim que, vexados, zonzos com a seca medonha, viageiros e manjaléguas chegavam o ouvido às brechas do chão. Entre suspiros e trejeitos, juravam escutar o olho-d'água chorando nas entranhas da mãe-terra.

Mas não sendo a água coisa de raiz, ninguém conseguia, nem anjo, nem arcanjo, nem querubim, nem homem santo, nem milagreiro, nem benzedeira extrair gota de lá. Líquido inconfundível era o pingo que escorria do olho das gentes e sulcava as caras sofridas. Talvez os caminheiros quisessem lavar a vista empoeirada ou, quem sabe, chorar a morte morrida e enterrada do olho-d'água. Fatigados, cabaças secas, tomavam a trilha de novo, molhando goelas e mágoas com velhas cantigas.

Só mesmo fórmula de raízes invisíveis, imunes à tentação dos retirantes, encorajava os pés teimosos a ficar naquelas bandas. Acho que era isso. Viventes do lugar sabiam que a felicidade naquele fim de mundo somente era possível se houvesse união de todos. Então, acertos nos sacramentos do batismo e matrimônio estreitavam alianças entre familiares, compadres, vizinhos, perfilhados, afilhados e agregados, ficando bem entendido e acordado que os atos religiosos selavam promessa de ajuda ou socorro, se um dia a precisão visitasse qualquer dos obrigados.

Tais alianças dispensavam idade, cor da pele, folha corrida, papel passado, e envolviam jagunços, criadas, capangas, doceiras, peões, mucamas, cabras, cavalariços, amas-de-leite, uns assumidos feito gente, outros como quase gente, tudo certo e direitinho segundo os passos da patronagem. Assim, entrançavam graças e engendravam crias, fincando raízes de sangue naquelas plagas. Se Deus olhava tudo lá de cima, devia abençoar humanos, não-humanos e os quase-humanos do rincão que, para o bem e para o mal, não eram indiferentes às suas semelhanças. Por isso que cochichos maledicentes feito murmúrio de quartinha vertendo água dobravam a língua reconhecendo a generosa contribuição do meu avô ao povoamento do lugar.

Dentre as façanhas coronelícias do manda-chuva, verve e machismo sobressaíam nas talhas que mandava fazer e pendurar em parede de se ver, como recado a quem soubesse ler, ou, o que era mais provável, para ele mesmo manter-se fiel aos seus princípios. Também diziam que as raízes da macheza estavam no leite de jumenta que o amamentara deixando marca notória: invejável compleição física acima e abaixo do umbigo, resistência ao calor, às cavalgadas, pelejas, fadigas, e incontáveis crias em barrigas de mulher. Então, nenhum espanto com as fanfarronices encravadas nas talhas, mais ou menos assim:

"Só tem dois tipos de mulher, as que nascem sem-vergonha e as que não querem morrer com ela."

Descendentes de seus três casamentos constituíram prole numerosa, e a casa-grande abrigava dispensa e paiol imensos. No dia-a-dia, compartilhavam a mesa farta não só os familiares, mas também serviçais, afilhados, agregados e perfilhados, esses últimos de raízes obscuras na certa, mas lealdade jamais contestada.

As duas primeiras mulheres do avô jaziam no cemitério da fazenda, onde a copa solene dos juazeiros estendia véu de sombras sobre o mato rasteiro que um dia ia virar capoeira. Ali, o silêncio pregava infinita oração.

Na casa-grande havia outros silêncios. Silêncio. De homens brancos, maduros, enganchados entre pernas negras que mal ganhavam contornos de mulher. Silêncio. De brancas fogosas recebendo em seus lençóis o sêmen de negros devotos às suas senhorias. Silêncio. De varões bem concebidos desvelando varões sem convicção. Silêncio. Do hálito morno com que a jovem mucama umedecia o ventre da sinhazinha. Silêncio. De dedos alvíssimos escalando seios de ébano. Silêncio em preto-e-branco aferventando suores no mesmo caldo de cultura e, já que a natureza nunca perde tempo e muito menos a vez, também gerando os matizes da raça do futuro.

Num excesso de virtude ou espasmo de ironia, nenhuma atitude coronelícia deixou impressões mais vivas naquelas bandas do que o episódio envolvendo moço enjeitado, talvez por causa de suas origens, digo, raízes eclesiásticas. Chamavam-no de "Filho do Bispo" quando estava manso, e de "Filho-da-Puta" se aprontava furdunço.

Era um surdinho mestiço, meio leso, que copulava com irracionais e se esfregava no tronco das bananeiras. Aparecera na fazenda lá se iam vinte anos, entre almofadas e bicos de renda, num baú de folha-de-flandres. O apelido continha pitadas de mexerico e quês de coincidência, pois o mouco viera ao mundo nove luas após a comitiva de Sua Eminência pousar fim de semana na casa-grande.

Qüiproquós com a surdez parcial do cabra até caíam na complacência das gentes. Porém, viés de tara fora de hora, bem como masturbações explícitas diante de visitas ou no meio de cultos religiosos foram ficando intoleráveis. E tantas fizera o leso que um vozerio nos estamentos da comunidade soou uníssono, exigindo castigo amparado em sabedoria proverbial.

Provavelmente, o "Filho-da-Puta" teria evitado a mutilação a frio se a bichinha que molestara não se esvaísse em aborto fatal, levando junto outra cria do coronel.

Tempos depois, meu ancestral surpreenderia a todos mandando queimar na fogueira tudo quanto era talha que puxasse pelo tino nas paredes de se ver. A começar pela maior de todas, pendurada na entrada da casa-grande e que exibia entre dois anjos alabardeiros, em letras bem gravadas: *"Todo mal se deve cortar pela raiz."*

Se o disparate não achou explicação plausível entre as crendices do lugar, é que meu ancestral se arrependeria da cruel ordenança imposta ao alesado.

E o episódio tanto o enfezara que a fogueira das talhas foi só o começo. Dali em diante, proibiu em suas terras, sob ameaça de talhar a língua fosse de quem fosse, todo ditado, provérbio, adágio, repente, verso, improviso ou modinha pretendendo sabedoria.

Em verdade, nenhum muxoxo sobre a proibição criou raiz de conversa fiada entre as gentes do lugar, pois todo mundo entendeu que o "Filho do Bispo", sobrevivendo à mutilação, deslocara o furor que sentia no lado da frente para extravagâncias na parte de trás.

A *história a seguir, em manuscrito amassado, foi encontrada por garis perto de um bueiro. Imediatamente, reconheci a caligrafia de* E.H.

O ANJO INFORMANTE

De longe, aparentava estatura mediana. Não chegava a ser propriamente gorducho, e costumava usar chapéu-de-coco. A meia distância, dava para ver os seus recheios distribuídos sob o terno claro e batido, formando silhueta uniforme com a capa de chuva apoiada nos ombros, fizesse bom ou mau tempo. De perto, sobressaíam os cabelos ondulados, grisalhos e abundantes, e a inconfundível cara de anjo. Tinha um sorriso perturbador redesenhando a todo instante o feitio da boca como nos desenhos animados.

Parado e incógnito sob a pressa urbana, parecia um desocupado qualquer na calçada da avenida rumorosa, as mãos aninhadas nos vértices dos braços cruzados, próximo a um bueiro entre a banca de jornais e o buquê de orelhões, digo, conjunto de cabinas com telefone público. Ambulantes do lugar só o conheciam de vista e de oi, olá, tudo bem – sendo verdadeira a recíproca –, porque convinha a ambos os lados discrição no que faziam. Porém, apontavam imediatamente para o "Cara de anjo" (vamos dar nome aos bois) quando algum transeunte lhes pedia informações que não sabiam dar.

Tendo este mundo gente e ofício para todo gosto, o "Cara de anjo" prestava informações de modo voluntário, talvez numa função de utilidade pública esquecida pelas autoridades. Tinha resposta pronta para qualquer tipo de pergunta, principalmente sobre localização de ruas, becos, praças, repartições, monumentos, pontos de ônibus e outras miudezas do cotidiano.

Se olhar curioso investia sobre a sua figura singular, era coisa momentânea, já que o vaivém de mil e um rostos sucessivos e anônimos se encarregava de enxovalhar a memória visual do abelhudo. Na passarela do cotidiano, o informante via de tudo: abraços, beijos, apertos de mão, encontros, despedidas, reencontros, prantos, furtos, roubos, achaques, discussões, agressões, revides, vinganças, e até homicídios – como é próprio da natureza humana vagar entre o bem e o mal. Mas era, no mínimo, curioso que o homenzinho jamais fosse encontrado para testemunhar sobre ocorrências que presenciara.

Vez por outra, parentes de pessoas desaparecidas, detetives particulares, ou policiais especializados, rondavam as adjacências. De fato, registros oficiais davam como desaparecidas três mil pessoas anualmente no centro da megalópole. Se um caso merecia investigação mais a fundo nas imediações, logo o informante evaporava. Cessado o burburinho da procura, lá estava ele de novo.

No lusco-fusco de um cair da noite que não vai longe, chuvisco pegajoso borrava calçadas, marquises e guarda-chuvas. Porém, o mau tempo não arredou o informante do seu posto. Lá pelas sete, viu dois camelôs conversando com um cavalheiro no passeio que dividia a avenida. O trio olhava em sua direção. Aos acenos dos camelôs, o informante respondeu com um gesto de polegar. Filtrando a chuva fina, pôde observar que o transeunte era magro, tinha o chapéu bem posto e tratava o guarda-chuva feito bengala, sem se importar com o gotejo dos céus. Em seguida, o cavalheiro atravessou a avenida.

– Boa-noite, disseram que o senhor sabe informar tudo quanto é lugar nas redondezas – disse o transeunte, alçando ligeiramente o chapéu.

— Bem, estou sempre por aqui, o que quer saber? — respondeu e perguntou o informante, num meneio de cabeça e chapéu, esboçando o seu estranho sorriso.

— Já perguntei a todo mundo, ninguém me leva a sério. — E franziu a testa, aparentando desânimo.

— Posso informar-lhe sobre qualquer lugar das redondezas. Aonde quer ir? — disse o informante já com novo desenho no feitio da boca.

— Não me tome por maluco, mas... — O cavalheiro fez uma pausa, temeroso de ir adiante.

— Seria um disparate julgar a sanidade de alguém só por causa de uma pergunta corriqueira — atalhou o informante com o desenho da boca desfeito outra vez.

— Veja bem, é que não se trata de um endereço comum. Mas, antes de tudo, preciso lhe dizer o motivo da busca. Vou resumir, se me permite, com dois argumentos. Primeiro: estou convencido da inutilidade da existência humana já que nascer, viver e morrer é um ciclo que não faz sentido, pois tanto os bons quanto os maus terminam do mesmo jeito, isto é, morremos...

— Desculpe interromper, mas, desde o início dos tempos, os bons e os maus, quando partem deste mundo, têm destinos opostos: ou vão pro Paraíso, ou vão pro Inferno, todo mundo sabe disso — ponderou o informante.

— Aí é que está! Tenha um pouco de paciência comigo, que passo ao segundo argumento. Acho que o Paraíso não faz o menor sentido, é um prêmio inútil um final tedioso, vazio e estéril, uma coisa sem perspectiva!

— Sei. Mas aonde quer chegar?

— Tenho pensado muito nisso. Talvez o Inferno, ali sim, seja o único lugar com algum sentido depois que morremos, pois os castigos impostos aos condenados despertariam motivação, esforço ou criatividade para suportá-los, ou, quem sabe, até vontade de sair de lá?

— Sair do Inferno?

— Isso mesmo, não acredito na resignação do ser humano, ninguém é capaz de aceitar eternamente o sofrimento infernal!

— O senhor fala bonito, mas eu não sou a pessoa que procura, só sei informar sobre endereços!

— Pois é isso mesmo, eu quero saber onde fica a porta ou a entrada do Inferno, talvez eu pudesse espiar do lado de fora o que se passa lá dentro...

— Mas o senhor já está no Inferno! — falou o informante sem perturbação.

— Está brincando! Então me diga onde fica a porta de entrada?

— Ora, meu senhor, o Inferno não tem porta, é o lugar mais público e democrático que existe, é todo esse espaço imenso ao nosso redor, esse mundo luxuriante de maldade, hipocrisia, miséria, violência, iniquidade!

— Vou abrir o jogo! Eu estava só lhe testando, mas agora senti que posso conversar à vontade com o senhor, uma vez que praticamos a mesma lógica..., pois bem, então me confirme o seguinte: se o Inferno não tem porta de entrada, é porque não deve ter porta de saída, não é mesmo?

— Mas quem lhe disse isso? Fique sabendo que o Inferno tem muitas saídas, apenas estão camufladas. Já vi que o senhor não é nem um pingo louco, porém está raciocinando de modo apressado...

— É que perdi muito tempo nessa procura.

— Esqueça o tempo, vai recuperá-lo; há jeitos, caminhos e atalhos para chegar a qualquer lugar neste mundo. Vou lhe mostrar com a maior satisfação uma porta de saída do Inferno aqui pertinho. Aliás, o senhor está com os pés exatamente em cima de um atalho!

— Acho que o senhor está debochando, mas, olhe só, estou muito consciente e repito que não sou louco, isto aqui é só o tampão de um esgoto, sei lá, de um bueiro! — afirmou o sujeito, cutucando com a ponta do guarda-chuva a alça do tampo, sem notar o estranho sorriso que se desenhou na boca do informante.

Foi tudo tão rápido que, no lusco-fusco da noitinha, ninguém reparou o tampo do esgoto se abrir feito alçapão, soltar fumo oloroso a enxofre e retornar ao nível da rua num breve intervalo, porém o suficiente para o transeunte com chapéu bem posto e guarda-chuva feito bengala ir ao encontro do que procurava.

Às vezes, o inconsciente das pessoas traz respostas aos seus questionamentos, sem dar a mínima para a vigília da consciência que, em última análise, pode ser a voz do seu anjo da guarda.

As histórias a seguir foram censuradas, assim na Terra como no Céu. Por enquanto.

Impresso no Brasil pelo
Sistema Cameron da Divisão Gráfica da
DISTRIBUIDORA RECORD DE SERVIÇOS DE IMPRENSA S.A.
Rua Argentina 171 – Rio de Janeiro, RJ – 20921-380 – Tel.: 2585-2000